U0073770

世界第一的
魔王陛下
番外篇
THE MAX.
CUP 著
m子繪

「比起當主戰鬥力，我明顯更適合當吉祥物！」

座右銘「今天能不做完的就放到明天，因為明天還有明天。」

奧格西

「征服世界和功課，您選一個吧。」

一心想將魔王培養成歷代最出色的魔王，永不氣餒的朝著這條路前進著。

賽巴斯欽

「我永遠是屬於魔王陛下的執事。」

非常愉快的被魔王各種依賴，從某種意義來講有想成為魔王心中第一的野心？

萊特

「魔族關我什麼事？和我契約的只是妳。」

只對魔王一人產生的好感是龍族對所有物本能的佔有欲？

西茲

「我是為了阻止妳成為魔王，才留在妳身邊的！」

從勇者轉職為魔王的園藝師，每天快樂的為了「世界和平」而努力。

「我們是為了彼此而誕生，缺一不可。」

歷代魔王專屬惡龍後裔，傳承了前九十九代魔王控屬性，和萊特各種意義上的不對盤。

翡翠

Lv. 97 決鬥吧，公爵！ 007

Lv. 98 慶祝吧！生日 063

Lv. 99 世界第一的魔王陛下們 093

Lv. 100 load吧，魔王！ 135

Lv. MAX 你好，新世界！ 219

前……情提要

傳說中，魔王這個職業，唯一的任務就是要「征服世界」。

這第一百代魔王，好不容易終於從職場角力中出線後，

本應該繼續完成她征服世界的任務，

成為「世界第一的魔王陛下」……

但，流言總是會與事實有所出入，

而傳說，終究只是個傳說……

決鬥吧！
公爵！
97

「今天也好無聊哦～」陽光明媚的下午茶時間，頭頂暖洋洋太陽的第一百任魔王陛下——芙莉兒懶洋洋的趴在桌子上說道。

「陛下，您還有十份報告沒寫。」魔王陛下忠誠的第一執事先生——賽巴斯欽為她邊準備著下午茶邊提醒。

「沒事，奧格西那裡的工作堆積如山，我的作業不急呢。」芙莉兒稍稍坐直了身子，等著她的下午茶端上來。

也不想想公爵大人那堆積如山的工作是因為誰？

這句話普天之下除了那位任勞任怨的公爵大人會說外，還有誰敢說？不過對芙莉兒來說，她牢記著公爵大人的教導「身為魔王不需要有罪惡感，必要的時候連節操都可以不要！」，自然後半句是芙莉兒舉一反三的自我領悟。

這才是最真實的魔王陛下，雖然作為魔王陛下的第一執事，賽巴斯欽本該配合公爵大人的工作對魔王的功課進行提醒和監督，不過他並不會那麼做。

他骨子裡也不是太老實的正經人，對公爵也未必抱有服從的心態，服侍不按牌理出牌的魔王，明顯要比服侍一板一眼的魔王更具有挑戰性。等魔王被公爵逼得嗷嗷叫，就會跑來跟自己訴苦這一發展算是他為數不多的樂趣。

芙莉兒從一旁的作業堆裡抽出一本羅曼史小說，翻閱到用精緻書籤標注的那一頁，另一手看似隨意的往桌子上一放，不用確定距離，手指一勾就能穩當的拿起賽巴斯欽剛端上的茶杯。

芙莉兒的下午茶無論溫度還是重量都恰到好處，茶杯和芙莉兒手之間的距離、茶水的溫度、茶杯的重量……這看似不重要，可每一個環節都是經過了精密的計算。

對身為魔王陛下的第一執事來說，再細小的事情都必須嚴謹對待，把主人服侍的舒舒服服這才是執事的責任。況且待在小小魔王身邊，工作娛樂兩不誤，沒什麼比這更讓他喜愛執事這份工作的了。

固定的下午茶時間是芙莉兒一天中最悠哉的時間，就算勇者攻打過來，也不能阻止這神聖的一刻。

「我心愛的陛下啊，今天的您依舊像花兒一樣讓人憐愛心動，請收下這象徵愛意的粉紅玫瑰。」

俊俏的棕髮陽光美男子抱著滿懷的粉紅玫瑰不知道從哪個角落裡竄了出來，或許是因為他背對著太陽的緣故，耀眼的陽光還有耀眼的笑容，刺眼的讓人討厭。

這名渾身上下散發著魔族最討厭氣息的男人，正是魔王陛下的新任園藝師，前任勇者先生——西茲・海德。

要知道，歷代的魔王和勇者那是被官方認證的死敵，這位現任園藝師先生前半段風風光光的走著標準勇者路線，可命運的齒輪總有卡殼沒來得及上油的空隙。這名先生就這樣一卡一卡的卡出了問題，被起床氣的魔王一擊擊倒後，家族遺傳的「魔王雷達」雖然有正常工作，可接收頻道出了小小的差錯。從此以後，堂堂正正的未來精英勇者開啟了抖M隱藏屬性，將花一般的魔王當作了生命中的另一半，走上了一條打死都不肯回頭的不歸路！

先不說誤解芙莉兒是和自己一樣的勇者後裔，也不說誤解芙莉兒是被魔王迫害的可憐無辜少女，當他知道自己要打敗的究極BOSS大魔王就是心愛的芙莉兒時……這傢伙棄明投暗跑來當了怎麼趕都趕不走的自來熟園藝師！

「我才不是『近水樓臺』，只是為了防止妳這個魔王征服世界！」勇者的野心暴露的很明顯。

持續了數千年的世敵關係就這麼輕而易舉的化解，大概除了現任魔王本人之外，沒人願意接受。換句芙莉兒的羅曼史大親友安瑟・特雷伯爵的話來講：「如果勇者都是『癡漢』德行，是我我也會滅他一百代。」

除了魔王陛下本人外，這句話得到其他人的一致贊同。

既然勇者現在「改過自新」，那麼我們也不能一味的指責他。

園藝師先生勤勤懇懇的從事著這份新工作，皇城的花朵被他照料的也是有目共睹。不過你絕對不能稱讚他本人或者他照料的花朵！因為他會一臉燦爛的向你傾訴：「每朵花裡都包含著我對陛下的愛，我要讓陛下知道我更多更多的愛。」然後他會開始拉著你，洗腦式的給你灌輸著他和芙莉兒才是命中註定的一對這極為扭曲的妄想！

…………

撇開這一點，好歹人家是前勇者，不久前還組團來刷過公爵和假魔王，武力值怎麼說也在皇城內排得到前五名。

魔王身邊除了這位外，那也是人才濟濟。想要把好感度刷到滿，順利攻略魔王，那是絕對不可能的！

就這樣，這個危險度在正負之間徘徊的園藝師安安穩穩的成為了魔族的一分子。

「卑賤的人啊，誰允許你靠近陛下了？」賽巴斯欽迅速擋在芙莉兒的前面，避免小小魔王被這骯髒之物玷汙了眼。

這裡沒有多少人喜歡勇者，哪怕勇者「從良」了，起碼在賽巴斯欽心中是永遠都洗不白！

「賽巴斯欽，雖然你是執事，但那也是下人。」西茲皮笑肉不笑的嘲諷道。

「我和某個只能與花為伴的下人不同，身為陛下的執事，我是為陛下『貼身服務』。」都說賽巴斯欽不是好人，嘴炮能力自然不低，他保持著優雅，著重最後四個字。

這句話絕對是排進西茲的禁句前十名，笑容可掬的他一瞬間那笑容裡添加了某些黑暗系的物質。即便他穿著簡單普通的襯衣長褲，繫著沾染泥土的圍裙，手裡還捧著大束粉紅玫瑰。可在他周遭似有非有的暗雲瀰漫，似乎逐漸形成了氣勢洶洶的龐大凶獸。

那氣魄足以讓一般人嚇軟了腿。

當然了，賽巴斯欽不是一般人，主動發動挑釁技也沒認為西茲會不作聲響。

賽巴斯欽和西茲認識只比西茲和芙莉兒晚了幾分鐘，從第一眼起他就對身為勇者的西茲沒任何好感。再加西茲對芙莉兒的感情從來不加掩飾，無論是勇者還是愛慕者的身分，賽巴斯欽都有足夠的理由找他一輩子的麻煩。

「是該讓你明白自己的身分了。」

這時，賽巴斯欽的周身也散發出與西茲相似的暗雲，這些暗雲逐漸形成了不亞於西茲的另一種凶獸。

向來溫文爾雅示人的執事上前一步，對著西茲露出輕蔑的笑容。

「啊，這句話應該是我對你說。」

手裡的粉紅玫瑰一揮，玫瑰花瓣形成小小的漩渦阻擋了賽巴斯欽的視線。

這旋風過得很快，賽巴斯欽再次看清西茲時，西茲雙手握著一把擁有讓魔族討厭氣息的長劍。

雖然此時的西茲依舊一身園藝師工作裝，劍氣環繞於身彷彿披上了透明的鎧甲，但身為「前」勇者的氣場立刻表露無遺。

戰事一發不可收拾，離戰鬥中心最近的芙莉兒悠然自若的專注在羅曼史小說裡。雖然某個前勇者戰鬥準備前的那陣玫瑰風飄向了她，可在靠近芙莉兒半徑兩公尺時，那陣風莫名「啪」的一聲，燒成了灰燼。

「鄙人的結界就算是一百頭黃金巨龍合踹都不破。兩位紳士，請你們肆無忌憚的盡情廝殺吧！」

戴著禮帽的兔子玩偶圍著芙莉兒繞圈，在她跟前形成了堅固的結界。從玩偶的X嘴裡傳出頗為輕浮的男聲，為兩人接下來的戰鬥開了場。

有著自己意識的兔子玩偶實際上是令人聞風色變的、傳說中的「魔王之劍」，當然，它獨特的造型也使得前數代魔王變色過。可它畢竟還是「魔王之劍」，無論是攻擊力還是防禦力，絕對比它的外表更具說服力。

接下來的對決無論如何毀天滅地都傷及不到芙莉兒，有了這個保障，仇視的兩人開始肆無忌憚的廝殺。

只是這座不知道重建幾次的魔王皇城，今天又要面對一次被推倒的危險。

♛

這一邊打得熱火朝天，那一邊兩頭黑金分明的巨龍也打了過來。

「小偷，快把東西拿出來！」飛在半空中的黃金巨龍威嚴的對暗黑魔龍怒斥。

「不要！」略占下風的暗黑魔龍毫無畏懼的拒絕著。

作為第一百任魔王陛下的芙莉兒，是歷屆魔王中最沒戰鬥力的！但面對離自己並不遙遠的、戰鬥力破表的爭鬥，卻顯示出一名魔王該有的從容。

自從上一次「真假魔王事件」後，她的皇城修建就此止步不前，同時她的身邊也多出了三位人獸。

沒錯，是人和獸！

前任勇者、現任園藝師的西茲，前任勇者契約獸、現任蹭飯的黃金獅子獸亞克，現任魔王第二位契約獸的暗黑魔龍翡翠，每一個都是武力值數一數二，同時麻煩度也是數一數二的！

西茲和賽巴斯欽的關係正如眼前上演的那樣，這樣你爭我鬥已經不是第一回了。再說這兩人的破壞力還不是最大的，破壞力爆表的就數另一邊的魔王第一隻和第二隻契約獸了。

自古以來，光明和黑暗勢不兩立，芙莉兒的兩隻召喚獸恰恰就是兩方的究極代表——黃金巨龍和暗黑魔龍。

這兩隻互相看不順眼也沒什麼了不起，本能嘛～廝殺也是本能嘛～所以毀天滅地一樣的戰鬥就更是本能了。兩頭究極龍打架又不是小貓小狗打架，磕磕碰碰破壞點什麼那是自然，所以魔王的皇城就這樣一次次在他們的磕磕碰碰中應聲倒下。

要說這兩隻都已經共事一主的龍到底還有什麼化解不了的誤會，這話說起來就有些讓人為難。

暗黑魔龍的翡翠秉承前數代暗黑魔龍先輩們的「魔王控」血統，就像是剛孵化的小鴨子見到誰就認定誰是父母，恨不得每一秒都跟在芙莉兒後面，當然連睡覺時間也沒有忌諱的往芙莉兒的床上鑽。也或許是龍天生對財寶的獨占欲驅使，芙莉兒本人也是翡翠的財寶。保護自己財寶最好的方式就是一直留在她的身邊，二十四小時貼身保護！

而單純的芙莉兒只當翡翠不過是認床睡不好而已，大方的將自己的眾多玩偶、抱枕貢獻給翡翠。

大家怎麼可能允許他爬上芙莉兒的床！？就算臥室前後貼上「暗黑魔龍和園藝師不得入內！」的標示也無濟於事，所以差不多每個清晨就看到翡翠和萊特先從芙莉兒的臥室破窗而出開始廝殺，沒過多久就變成西茲和賽巴斯欽破另一邊的窗而出，開始另一場廝殺。

芙莉兒有著魔劍兔子防音防震防火災的超高級結界保護，每天早晨在她臥室裡發生了什麼，她至今都不太清楚。

可皇城重複修建這問題，公爵大人就必須找她好好談談。保證書她可沒少寫，只是保證了這一次還會有下一次，最終萬能的魔劍兔子負責起了善後重建。

翡翠和萊特今天的這一架，理由是萊特發現翡翠把他給芙莉兒的迷你黃金巨龍靠墊給拿走了，這可是自己送給芙莉兒的禮物中最有意義的一樣，怎能容忍被別人拿走？更何況還是被翡翠拿走的！這不僅是契約獸與契約獸之間的矛盾，更是龍與龍之間對自己所有物占有欲的矛盾。這架必須要打，最好能打得翡翠和他那些先輩們一樣完蛋！

芙莉兒是個不合格的魔王，沒有魔王的威嚴，沒有魔王的外表，沒有魔王的身高，沒有魔王的戰鬥力，還和自己死敵的黃金巨龍訂下了契約。林林總總加起來的總結就是她不是個好魔王！也正因為這些原因，才有了「真假魔王事件」，她經歷了一次頗為有趣和刺激的旅行。

當魔王很辛苦，除了防勇者還要防宮廷內鬥。她經歷了大臣叛變、刺客暗殺，千辛萬苦的殺回來想氣勢洶洶的以魔王之姿刷回在魔族的存在感。誰料到前勇者殺進了魔族，和公爵大人戰得華麗麗，那才是真正的魔王V‧S勇者最終戰感覺。

帶著歷屆魔王官配——暗黑魔龍回來的芙莉兒，在經過上面所說的事件後，沒有人再敢質疑她魔王的身分。

叛變者陣營在那場戰鬥中失去了領導者，成為一盤散沙，公爵大人雷厲風行迅速掃除了餘黨，芙莉兒這個魔王無論從哪方面來講都是妥當的。

雖然……芙莉兒最後贏回了出鏡率和魔王的寶座，但無論是當時還是現在，她總有一種輸得很慘的不知名鬱悶。

「普天之下，也只有那傢伙才有膽子拿魔王作誘餌。」事後不只安瑟伯爵一人這麼說過公爵大人。

而被拿來陰謀算計的芙莉兒本人對此沒有任何表示，或許應該說，這些需要多動腦的事情向來不在她的考慮範圍。

重回魔族的魔王依舊過著她日復一日的平和日常，雖然自己的身邊似乎要比以前熱鬧了很多倍，可她仍然保持著自己的節奏，不被任何瑣碎干擾。

在戰場的中央，她聚精會神的看著手中的羅曼史小說，喝喝茶，啃啃今天的茶點水果三明治。一如既往的享受著誰也無法打擾的下午茶時光。

「陛下，今天還是不阻止一下嗎？」坐在桌子上觀看結界外戰況的魔劍兔子對芙莉兒問道。

今天的下午茶地點是帶噴泉的大草坪花園，可就在剛才前勇者大劍一揮，劍氣砍倒了一排樹，暗黑魔龍一個死亡龍息，充滿生機的鮮花草坪化為寸草不生的乾涸之地。

「沒事，善後由你負責。」芙莉兒沒心沒肝的說道。

「為女士排憂解難是紳士的職責，不過鄙人認為您的功課也已經累積了不少。」魔劍兔子比了比一個高度如實說道。

每天都是差不多高度的事後統計報告被送到公爵大人的府邸，這是一個怎麼填都填不完的無底洞。就算是那位魔族最可靠NO. 1的人，也做不到面不改色吧？

自從魔族經歷了一次政變後，人手明顯不足。皇城因為有兩頭龍兼一個前勇者在，公爵乾脆撤走了三分之二的人手填補其他地方。魔王的安全沒有問題，皇城重複修建問題也交給了魔劍兔子。即便如此，公爵的工作量還是比以前繁忙得多。

公爵以前還可以忙裡偷閒，每天花兩小時給魔王布置功課，然後再匆忙的去處理各種政事，現在已經有三、四天沒來上課，只能直接扔下一大堆功課書籍給芙莉兒要求她自修報告。

沒了人管，芙莉兒當然正大光明的偷起了懶。

「沒關係，他現在忙得沒空搭理我。」芙莉兒說道。

「不，鄙人認為您這是讓他離神經性胃穿孔不遠了。雖然那位大人就算得了胃穿孔還是會整日與公務為伴。」魔劍兔子說。

「公爵可是魔族的支柱，無論如何都不能倒下，一切當以國家為重，可暫時先停下征服世界的步伐，首要的是創建美好家園！」俏麗的小臉突然嚴肅了起來，說的話也有幾分沉穩。

「陛下，唔……」魔劍兔子本想要說什麼，可它卻突然收了聲。

芙莉兒沒有在意，低頭又看起了小說。

「陛下當真這樣關心下屬，當真認為沒有臣就無法征服世界？」

沒多久，一陣輕飄飄的聲音傳進芙莉兒的耳內。

「那是當然！我對自己的戰鬥力非常有自知之明，奧格西總是想讓我去征服世界，那根本是不可能的任務。或許再熬一段時間，讓他明白『把未來寄託在別人身上』這本身就是個錯誤！有多大的能力就做多大的事，這裡哪個戰鬥力不在我之上？誰征服世界都一樣嘛～反正史記會記錄『魔族在魔王的帶領下征服了世界』，那麼在本魔王的帶領下，魔族大公奧格西征服了世界，這絕對不是在欺騙後人！」書本一合，芙莉兒抬起頭洋洋得意的對魔劍兔子透露了自己的陰謀。

但這一抬頭，臉上的笑容掛不住更收不回了。

因為被她算計的奧格西・特維斯公爵本人一手抓著魔劍兔子的耳朵，一臉陰沉的居高臨下注視著坐在座位上的芙莉兒。

「陛下的語言學略有成果，臣很欣慰。」公爵大人冷諷道。

「呀啊～～！！！！！！！」

芙莉兒飽含恐懼的尖叫聲，響徹了整個皇城，連帶著讓廝殺破壞中的兩對停下了。

「陛下，鄙人也身不由己。」被拽著耳朵的魔劍兔子望著躲在桌底抱頭哆哆嗦嗦的芙莉兒，無奈的說道。

「我、我什麼都不知道！」

所有人趕到時就看到芙莉兒像是撞到天敵的小兔子一般躲在桌底發抖，而扮演著兔子天敵的自然是芙莉兒的監護人，在這個國家裡比魔王還偉大的人——奧格西・特維斯公爵本人。雖然公爵大人向來臉色不太好，可這會兒的狀態要比以往嚴重很多倍的樣子。

絕對是芙莉兒又做了什麼事，比如：功課沒做、功課沒做、功課還是沒做！

公爵大人的視線從芙莉兒身上移到匆匆趕來的四位破壞者，以及他們身後已經不能稱為花園的廢墟，這令人頭皮發麻的眼神就算是前勇者的西茲也打心底想要逃跑。

「我不過幾天沒來，皇城似乎又變樣了。」公爵大人嘲諷道。

「真的和我無關！他們等級太高，我阻止不了！」芙莉兒委屈的聲音從桌底下傳出，立刻把事情和自己撇得乾乾淨淨。

真能撇乾淨嗎？

雖然如芙莉兒所說她是所有人中最沒武力值的，可出聲阻止一下這裡有誰不會乖乖的聽從？就算有魔劍兔子善後，但「縱容罪」芙莉兒這點是跑不了。

搞破壞這一點還不是重點，重點是讓公爵聽到了笨蛋魔王說漏嘴的陰謀，聽完後他還能當她天真無邪……那是不可能的！

「剛才臣聽到陛下說臣是魔族的支柱。」公爵大人說。

「哎？沒、沒有錯喲。」桌下的芙莉兒愣了愣，支支吾吾的回答。

「臣還聽到陛下說要等到臣主動提出去征服世界。」公爵大人繼續說。

「我這不是相信公爵你的能力嘛。」桌下的芙莉兒對著手指心虛的回答。

「陛下對臣的信賴，臣感到欣慰。」公爵大人繼續著。

「哈哈……」芙莉兒蹲在桌底下更不敢出來了。

公爵大人看向廢墟，久久沒有說話。他的工作報告一天天增加著，最近已經忙到一天休息不足五小時。

雖然他一直知道芙莉兒對功課的各種不滿，也知道她的小心思不少。若不是今天聽到了那些實話，他還要繼續縱容到她何時？一切都只是自己的一廂情願……

公爵大人的輕聲嘆息傳進了所有人的耳朵裡，從來沒有示弱過的公爵他嘆息了！！！會被加功課的！

芙莉兒頓時陷入了絕望，她能看到自己的美好下午茶時間一去不復返，她未來的人生除了功課還是功課，她完蛋了！

「既然這樣……」公爵開口了，即將為芙莉兒宣判死刑。

絕對不能哭出來！絕對不能哭出來！如果哭的話公爵就開心了！但是如果哭的話，說不定他能原諒自己。

芙莉兒低著頭緊捏著裙子內心掙扎著。

「陛下，那麼臣就依您所願，征服世界！」

……

…………

………………

唉～～～～～～～～～～？！這是怎麼回事？！

芙莉兒不止一次幻想過公爵大人有朝一日終於放棄她這個魔王，自己去征服世界。她一直堅持著這個夢想不懈的扯著後腿！

這是一個看不到盡頭，留給自己多半只會是絕望的未來。可芙莉兒一直默默的堅持著。

而現在，芙莉兒等到的不是絕望，而是希望！

……

………

…………

可是為什麼她一點都不覺得激動呢？

公爵的話同樣震驚了其他人，雖然他們認為公爵自己動手豐衣足食要比芙莉兒來得更有效率，按照公爵本人的各項能力，如果他不是一直執著於芙莉兒的教育上面，估計早就進入了征服世界二周目（注一）。

穿著漆黑華服的公爵坐在魔王的王座上，用著「眾人皆螻蟻」的殘酷眼神傲視座下的鮮血和哀嚎……這畫面怎麼看都非常的適合！

這樣才是標準大魔王的樣子。

所有人腦海內浮現出公爵出征征服世界的模樣，難得意見一致的點頭贊同。

「陛下，您准許嗎？」公爵望著芙莉兒問道。

「啊、哦……公爵你要不要再考慮一下？」公爵主動出馬這是好事，不過芙莉兒總覺得哪裡不對勁，似乎把什麼極為重要的事給忘記了。

「不用考慮了，接下來的就交給我和其他大臣負責即可，陛下您只要喝喝茶看看書，隨便打發您的時間就行了。」看上去公爵這次是鐵了心要自己全權處理，甚至連課程作業之類的都不要求芙莉兒做。

芙莉兒這邊還沒有回應，有些人絕對不可能沉得住氣替芙莉兒撒花歡呼。

「等一下！」西茲站到公爵的跟前，那一把上次使用後就沒有歸還的勇者之劍筆直的對準了公爵的胸口。

「唉？！」沒料到西茲會有這樣的舉動，芙莉兒呆滯的在西茲和公爵兩人之間來回看著。

「你認為我會讓你如願嗎？」西茲冷聲嚴肅的對公爵說道。

「哼，你以為你能阻止我？」西茲的話威嚇不了公爵，公爵冷笑的反問。

「不試試又怎麼知道？毀滅你的野心正是我的職責！」

這個時候的西茲不再是魔王園藝師這個無害醬油職業，站在眾人面前的是世界的希望，繼承了數代勇者正義之魂的勇者西茲‧海德！

一正一邪的兩人，此時顯得一觸即發。

「對不起，你們是不是忘記了我？」絲毫不受這氛圍感染的芙莉兒好學生狀抬手干擾兩人一觸即發的危險。

「閉嘴（請妳住嘴）！」

兩道冷酷至極的言語毫不留情刺穿了芙莉兒幼小脆弱的心靈。

此時的西茲和公爵兩人之間容不下任何人的妨礙。

「這、這算什麼？可惡！明明人家才是魔王，人家才是最終 BOSS 才對！」被嚴重打擊到玻璃心的芙莉兒，捂著臉委屈的抽泣。

「別難過了。」萊特走到芙莉兒跟前輕拍她的肩柔聲安撫著，「誰都沒指望妳能成為真正的魔王，別給自己壓力。」

這才不是安慰，分明就是落井下石！

「公爵大人是認真的。」賽巴斯欽圍觀了一會兒西茲和公爵之間的電閃雷鳴，發表了他的看法，「在公爵的帶領下，我族的勝利勢在必得。」

「抱歉，我可不能眼睜睜看著魔族侵略世界。」一直在芙莉兒附近曬太陽的亞克搖晃著尾巴說：「到了戰場上，我們就是敵人了。」

賽巴斯欽瞥了亞克一眼後，微笑的向他挑釁：「說得也是，雖然我族必定取得最終勝利，但反抗太弱的話倒也失去了一點樂趣。所以請你到時要多掙扎一會兒才更有趣。」

「哼，魔族就是魔族，到時候本大爺可不會放水。你現在就可以先去準備遺書了！」亞克不屑的回擊。

這邊也開始有了爭鬥意識呢。

繼公爵後，賽巴斯欽也燃燒了鬥志嗎？

「看什麼？怕你哦！」本來沒事站在芙莉兒身邊圍觀戰火的萊特，突然察覺到自己被翡翠死死盯著，他自然不客氣的瞪了回去。

「你是黃金巨龍不是嗎？」翡翠輕飄飄的說道。

萊特嘴角微微上揚冷哼了一聲：「哼，還以為你會說什麼。事先聲明我可是很強，這次可不會輕易放過你了！」

最後，戰火也燃燒到了萊特這邊，明明他也是魔王的契約獸不是嗎？

芙莉兒頂著三重戰火，發現自己如何都插不進去。每每想做和事老安撫火氣，都被毫不留情的踢了出來。

這個時候誰還記得有她這麼一個人，這麼一個魔王？

他們都只想著日常積累的矛盾，這次說什麼都要一次性跟眼前的死對頭算清楚。

「隨便你們吧，反正本來就和我沒關係。征服世界也好，功課也好，都和人家無關了……」芙莉兒蹲在地上鬱悶的畫圈圈，自言自語了起來。

越說越心酸，越心酸越想哭了。

「陛下。」突然不知道從哪裡冒出來的安瑟伯爵，蹲在芙莉兒身邊對她露出安撫式的笑容。

「嗚，伯爵你是魔族僅存的良心了！」芙莉兒淚眼婆娑的撲向她長久以來的最要好戰友。

難得芙莉兒會主動投懷送抱，就算狩獵範圍還沒膽子伸向芙莉兒的安瑟，這時也開開心心的吃起這個免費豆腐。

「讓那群傢伙去征服世界吧！本魔王只要你這個唯一良心就可以了。」芙莉兒拍拍安瑟的肩欣慰的說。

安瑟和別人不同，是她一直以來的羅曼史小說盟友。作為把她拉進小說深淵的「元凶」，不會像公爵一樣一天到晚揪著她談征服世界、談功課。不只借她羅曼史小說還會陪她聊觀後感心得，是芙莉兒在認識鈴蘭和蕾西前唯一的知心朋友。

本以為這個人除了那張臉和十分討女人歡心的口才外一無是處，沒想到在上次的「假冒魔王事件」裡發揮出了超乎意料的重大作用。能把賽巴斯欽扮演得唯妙唯肖騙過了那麼多人，芙莉兒都該頒發一枚「最佳男配角獎」給予鼓勵。

事後芙莉兒好奇的問過安瑟「為什麼能幻化扮演的這麼像？」，當時的安瑟頗為驕傲的說這是他的特長之一，畢竟有時候要摸去哪位太太或小姐家……省略號這部分因為公爵介入，從那天以後安瑟似乎被公爵拖去處理工作，芙莉兒就很少能看到他了。

「征服世界由公爵全權代理那就沒有什麼問題了。」安瑟似乎從頭到尾都聽到了，對於友人的能力他還是非常信任的。

「反正我就是那麼不可靠。」今天都不知道被打擊多少次的芙莉兒聽聞安瑟的話，麻木的自嘲。

安瑟沒有安慰憂鬱的芙莉兒，他只是皺皺眉向芙莉兒發表了自己最單純的疑問：「就這樣讓公爵去，真的沒問題嗎，陛下？」

「能有什麼問題？反正他遲早會去征服世界的，早去早回啊。」芙莉兒喝著冷掉的紅茶，一聲嘆息。

「您這麼一說，我還是回去先準備一下，畢竟這仗打起來不是鬧著玩的，只可惜了我還在等書局出版的精靈公主系列大結局。」

芙莉兒手裡的茶杯應聲而落，清脆的碎了一地。

……………

她是不是聽到了什麼！？

「陛下？」安瑟見芙莉兒突然一副被五雷轟頂的樣子，擔心的問。

「你、你是說……公爵會壟斷羅曼史小說市場，來達到他征服世界的野心嗎？」芙莉兒一臉震驚的問。

「……不，我拿人格保證，他還看不上那種小動作。」沒有想到芙莉兒會把事情想得如此簡單，安瑟不知該取笑還是該安慰公爵教育的失敗。

現在公爵那邊沒空給芙莉兒解答作戰計畫，那就由他這個好友代為上一堂《簡單、通俗易懂的征服世界計畫》。

他乾咳了幾聲後開始向芙莉兒解答：「戰爭多以破壞為主，戰爭起來一切娛樂專項都會停止，羅曼史文化會停滯甚至是被取消。歷屆魔族引起的戰爭都是一次大規模的毀滅戰爭，戰後重建要花費的精力不足以考慮立刻出版小說。當然，也說不定出版書局被毀、作者死掉這樣的事情發生。畢竟這就是戰爭嘛～」

這真是太可怕了！

戰爭太可怕了！

芙莉兒不敢相信安瑟所說的一切，如果正如他所說的那樣，那麼她征服世界幹什麼！？她唯二的興趣就是看書和下午茶，這兩者缺一不可，就像是人一生下來就有左右兩隻手一樣。戰爭……能帶給她什麼？帶給她的絕不是希望和解脫，而是絕望和更加看不清的黑暗未來！

「不行……」芙莉兒搖著頭喃喃自語。

「陛下，您說什麼？」安瑟沒有聽到芙莉兒的聲音。

「征服世界什麼的，我絕對不允許！！！！」芙莉兒拍桌大吼了起來，她的聲音成功拉回了三組無視她很久的理智。

「陛下，風似乎太大，我沒聽清楚。」離芙莉兒最近的安瑟明顯被她嚇到了，安瑟相信在場所有人都沒聽清芙莉兒的話，他不介意替各位問個清楚。

「本、本魔王才不允許征服世界這種事發生！」芙莉兒面對眾人的注視，毫無畏懼的說出了自己的心聲。

……………

「我心愛的陛下，我就知道我們是心靈相通的！」聽到芙莉兒的決定，第一個有反應的就是西茲了，他一臉感動的望著不遠處似乎閃耀著聖光的心愛之人。

「喂，妳可是魔王啊。」雖然不贊同什麼魔族侵略，但是萊特覺得自己有必要提醒一下突然站錯位置的契約者。

「吵死了，這個時候才想起我是魔王吧！？我是魔王我說得算！」芙莉兒雙手啪啪的拍著桌子堅持自己的立場。

唉，這又出了哪門子問題了？

「陛下，收回您的話！」公爵黑著一張臉冷聲對芙莉兒說道。

有個愛和自己唱反調的魔王，公爵本人早應該習以為常。

可這一次不同，他不會再縱容她的任性。

「絕不！絕不！絕不！」雖然公爵看著自己的眼神很可怕，可芙莉兒這次才不會向以往那樣退縮的！她可是魔王，不可以膽小害怕，畏懼強權！

「開戰！開戰！開戰！本魔王要阻止你征服世界！」

笨蛋！妳既然知道自己是魔王就該記得征服世界是妳的目標，開戰是好，可妳真站錯了方向！

「既然陛下您這麼說，臣就不客氣的接受您的宣戰！」

那邊的公爵你壞掉了嗎？

不要跟你的頂頭上司這麼認真的對著幹呀！

也就是這樣，三天後魔王芙莉兒和她的監護人公爵奧格西正式開戰了！

「……我到現在都無法相信那個笨蛋玩真的。」萊特望著自己身後一望無際的士兵陣營捂著臉說道。

「這不是很好嗎？」化為人形的亞克拍拍他的肩給他打氣，雖然他也同樣無法相信自己所看到的一切……該怎麼說呢？

「很好，一切都如本王計畫的那樣完美。」小小的黑衣魔王坐在不知道從哪裡搬出來的華麗座椅上，威嚴的望向看不見的敵營方向。

「陛下，勝利與我們同在！」回答小小魔王話的不是她的專屬執事，而是穿著銀白盔甲的棕髮勇者。

銀白的勇者走到魔王跟前，在她面前單膝跪下。一手執在左胸前，看向座上的魔王堅定的說道：「陛下，我是您的劍，為您掃除任何阻礙您前進的荊棘、障礙；我是您的盾，為您抵擋任何洪水猛獸。」

小小的魔王看向對自己宣誓的勇者，露出讚許的微笑。

「去吧，本王在這裡先預祝你武運昌盛。」

……

…………

…………………

「喂喂，誰去阻止這兩個笨蛋啊！」望著不遠處兩位契約主的互動，這邊的兩個契約獸一臉無語的想要喊救命了。

「快阻止你那個笨蛋勇者，難道他忘記自己是勇者了嗎?他宣誓的對象錯了呀！」萊特對亞克怒吼道。

「你才該去阻止你家笨蛋魔王，西茲雖然宣誓對象弄錯了，但好歹立場站對了。她不僅站錯了立場，連自己的身分都忘記了！」亞克毫不留情的回吼過去。

「真是太糟糕了，我現在沒有信心能贏了。」萊特捂臉哽咽道。

「沒事，反正你家魔王不用出來戰，不會捅婁子出來。我家的勇者雖然在感情上崩壞了，但戰鬥力方面沒有問題，他會為了你家魔王拼命的。」亞克認真安撫道。

三天前芙莉兒和公爵決定開戰，魔族和人族當然不會閒得蛋疼支援兵力讓他們搞內鬥，但三對三的戰爭看起來又太寒酸。

這個時候芙莉兒的魔劍兔子飄了出來，表示自己可以提供各項技術上的支援。

堪比擁有四次元口袋生物的魔劍兔子做了一件劃時代的事，那就是投影幻化了一個真正的戰場！

各方的戰士是投影出來的，各方的武器是投影出來的，天空、土地都是投影出來的，魔王的新城堡是投影出來的，魔王的那座位也是投影出來的！唯一不是投影的就是兩方主戰鬥力的6＋1個人。

為什麼是6＋1呢？

西茲、萊特、亞克是三個；公爵、賽巴斯欽、翡翠是三個；剩下的那個就是魔王芙莉兒本人了。不過，畢竟芙莉兒和戰鬥力扯不上關係，她就自告奮勇的擔當起參謀和吉祥物兼最終 BOSS 一職。

一切準備就緒，這一仗看上去……沒有了後路！

「喂喂～這是試音。」

突然間，半空中出現了巨大的聲音，隨後一人一玩偶的臉被投影在空中。

「咳咳！應陛下要求，這一次全程戰況由我安瑟・特雷和魔劍先生擔任。」

「作為技術贊助，在開戰前鄙人把備註申明：因為考慮到陛下未成年，所以投影出來的雙方士兵被打敗後都會做馬賽克處理。畢竟我們這是普遍級而不是限制級。請大家以輕鬆友好的方式參與本次模擬戰。當然了，作為不是投影的成員，本次模擬戰沒有預備醫護人員，廝殺過頭的話會有生命危險，請各位注意了。」

「那麼模擬戰就此開始，大家準備準備就上路吧。」

這不負責任的播報員是來幹什麼的！？

♛

戰場上可以兩攻、一攻一守，唯獨不能兩守。精密的戰略是勝利的關鍵，畢竟戰爭不是紙上的戰略遊戲。

「公爵大人，翡翠大人擅自出陣了！」

「大人，敵方的黃金巨龍已經與翡翠大人撞上了！」

不一會兒，兩個傳令兵一前一後進入帳篷向公爵緊急彙報。

一抬手示意他們離開，公爵望著地圖沒有說話。

「戰略什麼的對那兩頭笨龍來說太難了一點吧。」同在帳篷內的賽巴斯欽一邊泡著茶一邊說道。

戰略布局對暗黑魔龍來說統統不重要，那邊一公布「開始」，某隻三天沒看見主人的龍就跟脫韁的野馬一樣一頭衝出去拉都拉不回，早就忘記了一開始跟他叮囑過的要在開戰前來開「戰略會議」！

賽巴斯欽無所謂，就看被放了鴿子的公爵在不在意了，不聽話的魔王和不聽話的士兵哪個更嚴重一點？

他們這裡有公爵這個全才在，布個戰略不是難事。不過隔壁那裡貌似沒有能稱為「戰略家」的存在吧？

西茲雖然是勇者，可他又不是將軍。

行軍打仗那和組團刷魔王不同，隔壁看上去還都是些不靠譜、胡來的傢伙。業餘的和職業的放一塊……這個時候都提不起勁來動真格。

「依照陛下的性格，時間拖太長就沒了耐心。指不定會有什麼意外之舉出現。」賽巴斯欽是芙莉兒的執事，瞭解自己主人的性子那是自然，賽巴斯欽相信作為芙莉兒監護人的公爵也想到了這點。

……………

「公爵大人，敵人朝我們衝了過來！」又一個傳令兵進來了。

「看上去這一次陛下志氣高昂著。」賽巴斯欽無奈的搖搖頭。

真不知道該說什麼好，雖然說進攻是最好的防守，可按照對隔壁的瞭解，他們多半就沒考慮過戰略，只是靠直覺的野獸而已吧？

「全員迎戰！」公爵下達了他第一個命令。

♛

沒有技術性的廝殺，更像是習以為常的打架。

兩頭巨龍毫無形象的對轟著、扭打著，光在地上扭打都能傷及無辜，一個個被馬賽克的士兵從他們身邊消失。

想起皇城就這樣被他們推倒一次又一次，花出去的錢就像下暴雨一樣打著疼。還有那個慣著他們以給自己添麻煩為樂的主子……公爵覺得那股壓抑的怒氣又一次上升了。

賽前已經提醒過傷殘自負，當下公爵本人就決定了把那兩隻不分敵我的一起幹掉！就算無法送他們回老家，若能讓他們躺個十天半個月他也舒服。

這時，公爵腳下出現了魔法陣，他只需默唸就能使用魔法，甚至連魔王專屬的召喚技能也能使用。這一次他準備召喚出深淵的骨龍，還是又有新的魔法呢？

從右側殺出來的西茲看到了自己的目標，更看見了對方身旁因魔法陣而泛起的光芒。他雙手牢握勇者之劍，奮力一揮！劍氣割開了大地，撕裂了阻擋他的敵人，筆直的朝著公爵飛奔而去。

抬手一個防禦魔法擋住了劍氣，被打斷了魔法陣的公爵不悅的看向西茲，對方回他一個挑釁十足的笑容。

勇者真是礙眼的存在。就算這個勇者實質上已經倒戈成為魔王的園藝師，但他對皇城的破壞遠遠大於他對皇城的貢獻。

「上一次沒好好的和你戰下去，這一次不會有人來打擾了。」西茲緩緩向公爵走來，圍繞他的士兵雖然是投影出來的虛擬，卻有著和人一樣的智商。他們畏懼著這如殺神一樣的勇者，只敢包圍著而無一人上前，已經有很多無懼的士兵消失在他的長劍下。

「太把你們當回事是我的失誤。」公爵手一揚，身邊保護他的士兵們頓時消失，才一眨眼的工夫，這塊戰場就只剩下他和西茲兩人。

失去了硝煙的戰場只有公爵和西茲兩人，空寂的彷彿這已是戰爭的尾梢，只剩下強者與強者之間的最終決鬥。

「拼盡你所有的能力，不要侮蔑了你勇者的身分。」話語之間已經被好幾個魔法陣包圍的公爵，高傲的向西茲扔下了挑戰書。

「我已經向她發誓，要將勝利帶回去。」儘管眼前的對手是自己以往交手過的人中最強大的一位，能與強者交戰的興奮和刺激讓自己心情愉悅，可西茲不會單單只沉醉其中，他要做的不僅是放開手腳的打一場讓他愉悅的戰鬥，他還要把勝利帶回去給默默等待他凱旋而歸的心上人。

「停止那些不可能的腦補吧！」看不慣西茲突然一臉蕩漾，就算沒有讀心術，公爵多少也能猜到這個笨蛋前勇者腦子裡藏著什麼。

勇者愛上魔王，這天底下最不好笑的笑話就讓他給碰上了！厚著臉皮留在魔族，一副大義凜然的姿態說著「我是來阻止妳成為邪惡大魔王！只要有我在妳是不會成為壞人的！」這種好聽話，實際上就打著近水樓臺先得月的壞主意！

芙莉兒那個笨蛋魔王不清楚這隻披著羊皮的狼勇者的邪念，不代表他這個監護人什麼都不知道。

勇者愛上魔王……哈、哈、哈！先跨過他的屍體再說！

「話說在前頭：我贏了，『父親大人』你就把芙莉兒交給我，安心的去吧。」

禍從口出，卻不確定是「父親大人」還是「求婚專用臺詞」觸動了公爵最危險的神經，公爵那半邊天瞬間烏雲密布，一派暴風雨前的最後寧靜，可想而知接下來會發生的事情。

「既然這麼愛做夢，那你就永遠睡下去吧！」

伴隨著公爵冰冷至極的話是一道道的電閃雷鳴和已經具現化的殺氣。

♛

戰場上的每一幕，都透過魔劍兔子的高科技投影魔法顯示在新皇城裡的魔王眼前。

空蕩蕩的皇城裡只有魔王和負責實況報導的另兩位在，不過二人一兔圍坐在圓桌前邊喝茶邊看實況，似乎太沒緊張感了！

「唔嗯，雖然打得很激烈，可總覺得缺少點真實感。」認真觀看戰場的安瑟一手撐著下巴，一手敲著桌面略顯失望的說道。

「鄙人認為夠真實了，看他們這恨不得滅了對方的殺意，絕對是影帝級的演技。」不用喝茶的魔劍兔子很是用心的反駁。

「不、不，我說的真實感是戰場。就算是這麼逼真三百六十度無死角的投影魔法，總覺得很多地方過於失真。」

「戴上這個觀賞效果會更好。」沒有四次元口袋卻能掏出神奇東西的魔劍兔子已經戴上了一副墨黑眼鏡，不忘遞給安瑟一副。

「問題出在『演員』身上嘛！」戴上眼鏡又觀看了一會兒後，安瑟徹悟了，「真實的戰爭可不是沒有計畫的橫衝直撞，勇者那邊不用戰略還說得過去，奧格西那裡看上去多半是隊員們太自我沒法統一戰略。唉，隊員不給力這是個大失敗！」

安瑟一針見血的道出雙方的缺失。

他想：想必好友那邊為這個也頭疼過。不怕神一樣的對手就怕豬一樣的隊友，自己這邊太過在意戰略和人員調動而失敗，對方那邊反而不用大腦直接靠本能行動，這一點算是占了個小小上風。

「伯爵先生為什麼沒有參與這次的模擬戰？換作是你的話，現在局面也不會太過混亂。」魔劍兔子好奇的問。

安瑟和公爵是親友，這麼久少說也有點了默契，如果兩個人一同上了戰場，那麼就不會像現在這樣了。

「人員分配不對嘛，而且我也怕麻煩。」安瑟無奈的聳肩說道。「更何況還沒有女士為我加油，我還是做後勤好了。」

畢竟勇者隊數來數去就只有三人，他和勇者隊無冤無仇，還是把名額留給需要的人即可。哎呀，這麼一說的話似乎投影上只出現了兩組，還缺了一組呢。

「賽巴斯欽和勇者的契約獸不在呢。」安瑟觀察著投影好一會兒疑惑的問。

「伯爵大人是在找我？」

一扭頭，魔王的專屬執事站在他固定的位置笑吟吟著。

又叛變！？

賽巴斯欽的心思太難猜透了，畢竟之前有叛變的前科，雖然中期加入了公爵的計畫和安瑟調包演了那麼一場騙過所有人眼睛的戲。可現在他是公爵隊的主戰力之一，為什麼跑到敵對大本營來了！？

「這個時間是陛下的下午茶時間。」賽巴斯欽輕描淡寫的概括了他出現在這裡的原因，雖然聽上去不像是真的，可他畢竟是執事，為芙莉兒每天準備下午茶才是他的本職工作。

剛想釋懷，賽巴斯欽似乎一句話沒來得及說完，現在又補充了：「我更支持『擒賊先擒王』這作法。」

好一個擒賊先擒王，王不就是你伺候的那位嗎！？

賽巴斯欽那張笑吟吟的臉上看不出他哪句是真話，哪句又是假話？這也不是作為無陣營後勤人員該擔憂的，該擔憂的那位正毫無危機意識的認真看小說中。

將視線移回投影，在不知不覺中戰鬥接近了尾聲。

「……好像錯過了精彩的部分。」安瑟惋惜的說道。

「公爵大人連點水都沒放呀，可憐的勇者。」魔劍兔子附和著。

他們談話也沒有太久，公爵與前勇者的戰鬥已經進入了尾聲。

硝煙瀰漫的戰場只有兩個人，從勇者身上的傷痕可以推算出，剛才經歷了一場多麼驚心動魄的激戰。公爵不像勇者那般傷痕累累，可披風和衣角上也有多處劃破，甚至沾染了些許猩紅。可從他一貫冷峻無情緒的臉上，看不出在激戰中他有沒有受傷。

兩大高手各站一方誰也沒有再出手，讓旁觀者無法猜測他們是在為最後一擊做準備還是激戰已經結束。

此刻的時間似乎流逝的特別慢，最終勇者緩緩的倒了下去，代表著公爵在此次激戰中的勝利。

倒下的勇者不甘的望著公爵，他的視線越來越模糊，可他知道自己不能就這麼閉上眼。

他又一次悔恨，悔恨自己的無能，沒有辦法將心愛的人從惡魔的手裡解救。而現在的他已經沒有再站起的力氣，沒有再握住長劍守護她的力氣。他的道路只能抱著悔恨和無奈到此為止了。

逃吧，快逃！不要讓惡魔抓到您。我心愛的陛下，請原諒您的騎士無法為您取得勝利，無法給您帶去……幸福。

勇者最終還是合上了自己的眼眸……

……………

「那傢伙果然是笨蛋呀。」觀看到大結局的伯爵端起眼前涼掉的紅茶輕抿一口後，長嘆一聲。

「雖然不知道他內心想些什麼，不過我的直覺告訴我，這個勇者必定一生站錯立場。」魔劍兔子點頭附和著伯爵。

「誰說過『當勇者的，十個裡面七個是笨蛋』？一想到被這樣的笨蛋集團阻止了魔族侵略九十九次，我就覺得不可思議。換位思考，九十九加一次的笨蛋團體我還是很佩服。」

「大概是前九十九代魔王都是男的緣故吧。」魔劍兔子發表了自己的觀點。

「就是這個，說不定就是因為這個！」魔劍兔子的幽默感讓伯爵瞬間開啟了真理之門，毫不留情的拍桌哈哈大笑起來。

在魔王面前開前九十九代魔王的玩笑肯定是大逆不道，可眼下第一百代魔王正沉浸在羅曼史小說的感人劇情裡，無暇顧及他們。

伯爵沒能笑多久，突然傳來一陣急促的鳴笛聲。

「公爵先生速度真快，已經到了城外。」魔劍兔子彙報了這時的狀況。

整個皇城都是魔劍兔子投影製作出來的，應魔王要求還加設了警報系統。

既然已經到了城外，想必離到魔王跟前最終大決戰已經所剩無幾。伯爵望著淡定自如專心閱讀的魔王，看她那個狀態估計是派不上大用場。沒辦法，雖然他是場外非關係人員，可誰叫他是魔王的臣子，強力外援呢？

「現在是該我們出場了。」伯爵站起身，理了理衣服說道。

♛

公爵現在的心情毋庸置疑的非常差！

拿出懷錶看了看時間，他已經浪費了將近三個小時。這三小時不是從和勇者激戰開始算起，而是從他進入皇城算起。

進入皇城後，必經之地是一座看不到盡頭的銅牆鐵壁築成的迷宮，迷宮裡處處都是不得不提防的機關。一路上還會多次提供茶點以供中場休息。

想也不用想就知道這些出自誰人之手，好幾次他不小心踩中隱藏著的魔法傳送陣都被傳到起點或者別的地方。漸漸的，他已經失去了耐心，準備出城直接來個最終奧義，連裡面的人一起全部轟掉。

可讓他心情更差的事就這樣發生了，身後的出城之路已經找不到了！

沒錯，他迷路了！

在這個鬼畜的迷宮裡，他徹底的迷路了！

不是在人生的道路上迷失了方向，而是在這個迷宮前迷失了方向，他現在只有前進這一條路。

在如此惡劣的環境下，優雅也好、淡然也好、冷豔高貴也好……公爵有生第一次有了弒主的決心！

公爵是個很有自制力的人，他在休息室喝了一杯茶，稍作休息調整了一下自己的情緒後繼續上路。

冷靜下來的他躲過了各種機關和傳送陣，他這一次的路程走得極為順暢。

迷宮裡出現了新的場所，一座緊閉的大門出現在了他的面前。公爵沒有去推門，這迷宮裡有很多迷惑人的機關，吃過一、兩次虧後他可不會繼續吃虧下去。

公爵手一揚，一道火球被他朝著大門扔過去。

「轟！」一聲，大門倒下，出現了新的道路。進入門內的公爵突然腳一頓，狠狠盯著門裡面坐在桌前同樣望著自己的二人一玩偶。

「喲～恭喜你走到了這裡。」伯爵放下茶杯，朝摯友揮了揮手。

公爵的到來，也將殺氣和邪惡的陰雲帶了過來。

本坐在桌上的魔劍兔子突然飄了起來，用黑曜石製作的眼睛看著公爵說道：「我們是魔王陛下跟前的魔族三天王，妄想打倒魔王的愚蠢之輩……噗！」

魔劍兔子很有氣勢的這麼介紹著自己，可話沒完就被迎面而來的巨大火球拍到了牆壁上，接下來大家只能聽到火球和魔劍兔子撞破一道道牆壁，聲音越來越輕、最終到無的寂靜。

直到徹底聽不到任何聲音後，公爵望向剩下的兩人，平靜的對他們問道：「接下來是誰？」

摯友送來的赤裸裸挑釁，伯爵自然收下，沒想到自己和他會有以對立形勢面對面的這一天。

他哼了一聲站起來，緩緩從胸口的衣袋裡掏出了他的秘密武器。

「我們投降～」伯爵揮著真絲白手帕露出了燦爛笑容。

又贏了一戰呢，公爵大人。

「雖然陛下要求我們來絆住你，不過走著走著就迷了路。所以大家就想偷懶一下。反正和你打怎麼都沒有勝算，這點自知之明我還是有的。」揮舞著白手帕的伯爵無奈的訴說著自己的苦處。

在公爵迷路的三小時內，伯爵這邊同樣也在迷路著。

「陛下很認真的設計著整個皇城，不過忘記設計出口了。全皇城只有一個出口，也就是入口。」賽巴斯欽適當的說明了這麼一個小缺點。

很小又非常致命的缺點！

這年頭挖坑給自己跳的估計也就這麼一個吧？

公爵可不會因為得到這樣的提示而停止腳步，怒氣槽已經升到了MAX，是不可能不爆發！略微休息了一會兒，他又踏上了弒主的征途。這一次絕對會非常輕鬆，迷宮什麼的，只要走直線就可以了！

穿越過一個又一個自己打開的洞口，很快的就到了一扇緊閉的大門前。

公爵不急於推開門，也沒有警戒的再甩一把火球上去開個安全入口。或許是因為已經到離魔王很近的地方，就像所有RPG遊戲那樣，可以找存檔點記錄休息一下，以免進去後讀檔不能，必須再從入口重新一次。

他不知道魔王見到自己後會是什麼表情，撒潑無賴的要求重新再戰一次，還是哭得跟傻瓜一樣求他原諒？

公爵覺得自己這個監護人做得太失格，對魔王總是太心軟才會造就她現在的性格。這不是一名合格魔王應該有的性格，趁現在還有救，自己一定要狠下心嚴格對待。

想好了對應魔王任何狀況的對策後，公爵沒有任何遲疑的推開了那扇大門！

很可惜，迎接他的不是要無賴撒潑的魔王，也不是痛哭流涕的魔王，而是……抱著黑兔子玩偶香甜入睡的魔王。

公爵此生第一次有了失意前屈體的沉重虛脫感，這種無奈感瞬間滅了他滿滿的怒氣槽。一時間他不知道是該上前把魔王從床上搖醒，還是乾脆一把掐死了以絕後患？

衝著自己吼「開戰」時的氣魄，公爵多少有點欣慰魔王終於有了魔王該有的樣子（雖然很顯然用錯了地方）。自己一開始的各種怨恨又不能為此而收回自己的話，更知道魔王對戰爭向來只有書本知識還未來得及實踐，藉此機會可以好好給她上一回實踐課。

自己的隊友都是一群派不上用場的，不服從組織安排私自行動不說；魔王那方面也是不用腦的往前衝。

本還稍稍指望魔王能認真一些，總之看到單槍匹馬的西茲後，公爵就知道魔王肯定貫徹她「吉祥物」這一身分，把所有事都扔給別人，自己則無所事事。

這理所當然的無奈和悲憤，再加上西茲那讓人足以殺他一萬次的「野心」，在戰場上完完全全的全部送還！

最近的工作壓力太大，讓他積累了不少壓力，雖然揍了西茲是有起到減壓作用，可光這樣是絕對不夠的！

接下來那足以逼瘋勇者的迷宮，讓公爵徹底的無語了。他作為魔王監護人，教導魔王任何學識，可從未教導過做陷阱迷宮這類，魔王她無師自通的是不是太過分了點？

她有這點聰明才智，就不能用在正途上嗎？！

這一次，魔王帶給了他太多的驚喜，可惜一路過來他已經沒有任何喜，只有積累下無以計數的怒！

現在見到了魔王後，喜悅也好、悲憤也好，全部化為了沉痛的挫折。

或許傻的不是魔王，而是對她抱有希望的自己吧？

「陛下熬了三天夜設計了迷宮。」灰焦的魔劍兔子慢悠悠的爬了進來，對一臉鐵灰，看似正在考慮掐死魔王的公爵說道。

魔劍兔子這麼一說，公爵心頭的火焰和怨念冷卻幾分。看著在床上睡得香甜的魔王，緊閉的眼睛下有著淡淡的黑眼圈。

半晌後，他輕嘆一口氣。好似無奈，好似寵溺。

情緒平靜下來的公爵決定放魔王一馬，好歹也算是用功了一回。

還好自己有揍到西茲，也幸虧勇者這個職業就是耐揍，不至於讓他太敗興。

拿出懷錶看了下時間，已經接近午夜時分，一股倦意湧上心頭。

這幾天也稍微堆積了一點工作，回去好好洗個澡休息休息，天明後又要開始忙碌起來。這一次就放魔王一馬，不跟她太計較了。

這時候的公爵情緒似乎穩定了下來，嘴角微微上揚的弧度讓他冷峻的臉多了幾分輕鬆和溫柔。

可當他推開門時，一切又不是那回事了。

他站在門口好一會兒都沒有行動，代表好心情的嘴角弧度也開始逐漸往反方向變化。

門外雖然不是漆黑一片，可已經和他剛來時完全不同了，就連捷徑用的洞也消失了。

「每天凌晨開始，道路會隨機更改，同時如果遭受攻擊，自動修復功能會以破壞程度提升堅固性。」魔劍兔子輕飄飄的飄到公爵身邊為他解釋魔王花費三天精心設計的傑作——防禦系統一流、自由活動性也一流的皇城迷宮。

……………

下一秒，公爵一把拎住魔劍兔子的耳朵，臉部表情帶著比剛才對付伯爵他們時更恐怖的殺氣。

「先生，不要為難一隻兔子玩偶好嗎？這個能抵禦五百隻成年黃金巨龍攻擊的防禦系統的設計者不是我，我不過是提供了技術方面援助和材料。陛下沒有畫設計圖，你也知道走迷宮沒張地圖是很吃虧的，尤其還是這麼一個會隨機變更的迷宮……就算是我也沒辦法取消。」魔劍兔子黑曜石的眼珠對著公爵，話語裡也是各種無辜。

它最多只是個幫凶，並不是主謀。

「陛下給皇城設定的通關條件，那就是『打倒魔王』。」魔劍兔子誠實的給了公爵最後的提示。

接下來該怎麼做？結局只有唯一的一個。

公爵將魔劍兔子再次用火球拍出去，巨大一聲爆炸聲讓在床上睡覺的魔王猛地從床上坐起，眼神沒有焦距，一臉倦意的問：「我說你們適可而止一點呀，我好睏。」

說完她又躺了回去。

很明顯魔王還沒醒來，只以為是平日賽巴斯欽V・S西茲、萊特V・S翡翠。

可這次就沒那麼好了，剛躺下的她被人一把掀了被子，感受到略微寒意的她抱緊黑兔子玩偶攝取溫暖。

「混蛋！給我起來！立刻、馬上、現在！」

這一次可是被人抓著領子來回搖晃了起來。

「真的好睏，我可是魔王。」被晃得難受，魔王皺著眉強睜開了眼，好一會才看清對自己行凶的人。

如果這是在做夢，那不一定是噩夢。

「陛下，既然通關條件是『打倒魔王』，您覺得臣應該怎麼做呢？一百篇論文還是取消下午茶？您選一個吧。」公爵沒有像往常黑著一張臉，不過他現在這樣子還不如黑著臉讓人更有安全感。

魔王盯著公爵，不知道是不是被他的懲罰嚇傻了。漸漸的眼圈紅了起來，看起來格外可憐。公爵不屑的冷哼，他才不吃魔王那一套。給他裝可憐以為就能得到原諒？死心吧，這次他是鐵了心要好好懲罰這個不長記性的笨蛋！

「公爵，嗚嗚嗚……你終於來了呀！！！！」

魔王突然淚流滿面撲向了公爵，雖然提防著魔王會耍賴，可公爵絕對沒有料到魔王會有這麼大的反應。

這是怎麼回事？

又是她的計謀？

故意哭著好讓自己心軟不懲罰她嗎？！

魔王這麼一鬧，就算是公爵也束手無措起來，他現在腦子一片混亂，心中一次次提醒著自己絕不能退縮被騙。

「賽巴斯欽不見了，我找不到出口，一直都沒有人來……」摟著公爵脖子的魔王向公爵哭訴自己的悲慘。

她不過是看完了一本書，回頭賽巴斯欽他們都不見了，她等了好久都沒等到他們，走出去想找人，又找不到路。她就像是被人關小黑屋一樣的可憐。

……………

那句話怎麼說來著？「自作孽不可活」？

在自己設計的迷宮裡找不到路，普天之下也就只有他跟前這個人才能做到吧？

公爵的眼角止不住的抽搐，雙手下意識的輕拍吊著自己的魔王的背，安撫著。

坑人連自己一起坑進去，果然是只有魔王您才做得出來。

欲出口的嘲諷話到嘴邊化為了「現在沒事了」的安慰話，幸虧在場的沒有其他人，否則讓他們看到這一幕不嚇住才怪。

那位嘴裡只會吐出嘲諷話語的公爵在安慰人啊！！！！

沒過多久，突然耳邊傳來短暫的音樂聲，短暫卻一直重複著的音樂。

「恭喜您，成功通關了呢。」魔劍兔子拍著前爪祝賀道。

真是夠惡趣味！

這次換公爵的嘴角抽了。

不過順利通關就可以出去了，這一點也算是不幸中的大幸。

「哎呀，系統短路了。離恢復正常需要十二小時。」

滾！他收回自己的話！這兔子和它主人一樣不靠譜！

還要在這裡再待十二小時，當別人都不要休息嗎！？

「來吧，奧格西！」放開他的魔王已經坐在床上給公爵留了個位置，臉上是期待。

……………

「我去找人。」魔王的邀請換來公爵的轉身。

「等、等等！這不是侍寢！」魔王立刻解釋道。

這解釋還不如不解釋了。

「公爵你不能走，我不要再被關小黑屋！」見公爵要走，魔王捶打著軟綿綿的床鋪哀號了起來，獨自一人待在這裡看上去給她留下了不小的陰影。

就像是小動物在嗷嗷直叫，叫得夠讓人心酸。

魔王的哀號讓公爵聽著很不舒服，無法再朝前邁出半步。他背對著魔王好一會兒，最後一聲嘆息回到了床邊。

抱著黑兔子嗷嗷叫的魔王突然感覺床朝一邊一沉，抬頭一看，脫去了外衣的公爵已經上床，連被子都蓋好了。

「奧格西！」魔王欣喜的往前撲。

「閉嘴，休息！等出去後再和您算帳。」奧格西的身體有點僵硬，不適應魔王這一撲。

有了床伴的魔王才不去想明天自己是什麼下場，笑呵呵的在另一邊躺下。

有了公爵的陪伴，生理時鐘正常的魔王很快的再次進入了夢鄉，而公爵……

看了看那張無邪的睡顏，只是輕嘆一聲調整了睡姿後也閉上了眼。

經過白天的疲勞，這一夜兩個人睡得都很沉。

絲毫不知道在同一張床上，兩人的距離越靠越近。

這一次無任何意義的模擬戰順利完結了，得到勝利的公爵沒有再堅持自己去征服世界，失敗的魔王依舊在桌子前和她的功課努力奮鬥著。

只是如今她的必修課程上又增加了一門——建築學！

「混蛋呀！我可是魔王，為什麼要學《建築學》！？」

——END

注一：二周目，是指第一次，或者是初次玩一款遊戲，打完所有遊戲關卡後就叫完成一周目；一周目爆機後接上次記錄繼續玩，就是二周目。

慶祝吧！生日！
98

某日的早晨，魔王無意之中看到女傭A換了一個髮型，頭上還有一枚很可愛的小花髮飾。這個髮飾不是什麼高檔貨，造型也不及魔王的飾品精緻名貴，不過看著十分討人喜歡，讓魔王多看了好幾眼。

「這個是？」魔王終於耐不住好奇，問了女傭A。

「這是我生日時，大家送我的生日禮物，雖然是便宜貨，不過對我來說非常珍貴。」女傭A羞紅著臉回答道。

生日啊……

「萊特，你有過生日嗎？」做功課的時候，魔王突然對一旁分擔她功課的萊特問道。

「有，不過那是小時候的事情了。」萊特漫不經心的說道。

「小時候？多小？」

「我想想……最後一次過生日大概是五百年前吧。」

……

………

…………

「你都已經一千多歲了，五百年前的生日是什麼概念？也就是說你從五百歲以後不過生日，那麼五百歲前有在過生日了！？生日一年一次，你過了五百次的生日嗎？」

「別把龍族當成和妳一樣閒著沒事做！五百歲相當於人類的十歲，那年正好大家都很閒沒事做所以才過次生日。」萊特沒好氣的解釋著。

「那麼你生日的時候也有收禮物、吃生日蛋糕了？」魔王閃著星星眼的問。

「蛋糕沒有吃，龍族又不流行人類的過法，不過的確有收到父王送的禮物。」萊特回憶了一下過去，「父王帶我去了人類世界。」

小時候的自己一直很希望有朝一日和父親一樣成為人類勇者的同伴、消滅魔王解救世界來著，所以對人類世界也很嚮往，而在他五百歲的時候終於可以讓父親帶著自己去人類世界，兩個人以人形的姿態過了一個很有意思的生日。

「什麼禮物？去人類世界旅行？就像是親子遊那種？」魔王好奇的問。

「父王單挑了一個盜賊團，然後把盜賊團所有的寶物都送給了我當生日禮物。那時候的父王真是帥呆了！」萊特驕傲的說。

「我覺得你父親的教育有些問題。」魔王很認真的說道。

這赤裸裸的打劫大概也就只有龍族才會說得如此理直氣壯，這該說萊特的父王很不一般，還是說他只是純粹的強盜？

「妳管我！妳問我這個幹什麼？妳的生日要到了？」萊特白了她一眼後問。

他認為魔王的生日應該是舉國上下歡慶，就像是慶典一樣的熱鬧。在皇城裡舉辦著豪華的晚宴，然後魔王收到的禮物可以堆成一座小山，有可能比他生日的那座贓物山堆積的還要高。

如果是要過生日，那麼他就要好好準備一下生日禮物了，絕對要比翡翠更好！

「我沒有過過生日。」魔王眨著眼純真的回答他。

「……真是糟透了，奧格西對妳精神虐待已經到了這個地步？」

沒有過過生日的魔王真是值得同情，公爵那人就沒想過給她過個生日？平時雖然在功課方面不留情面，可也不至於連個生日也不給辦吧？魔王的生日不就應該全民慶祝嗎？

真是的，如果這次還不給她過生日，乾脆直接滾地上撒潑試試吧。

「因為我不知道自己是什麼時候生日。」魔王回答的很平靜，然後放下手裡的功課，「如果說生日就是收禮物的話，我經常有收到禮物呀。是不是表示我一直在過生日？」

「生日禮物和平常的禮物不一樣的。」

這次，萊特同情的拍拍她的頭。

「你們在談什麼禮物？」給魔王送最新羅曼史小說的伯爵大人只聽到魔王說的最後幾個字。

「我們在談生日。」兩個人誠實的回答。

「生日啊……」

伯爵突然嚴肅了起來，冥思苦想了好一番後，才想起一件遺忘很久的事情來：「這麼說來，公爵的生日就快到了。」

……

……………

……………

「唉~~~?!奧格西也有生日?!」魔王震驚了。

「全世界沒有生日的估計就只有妳一個。」萊特忍不住吐槽她。

「我們是一起長大的，不過那傢伙很少過生日，小時候倒是省了我不少零用錢。」伯爵臉皮厚的回憶著從前。

公爵大人就快過生日了，這個消息讓魔王開始蠢蠢欲動了起來。

「陛下是想幫公爵慶祝生日？」魔王的心思很好猜，光看她的呆毛擺動頻率就知道她想要做什麼，這讓伯爵也覺得有意思起來。

「那麼就給奧格西辦一個生日派對吧？」魔王興奮的提議道。「在生日當天，可以在皇城舉辦大型的遊行慶典。讓奧格西坐在花車裡繞皇城一周接受臣民的祝福，晚上在皇城裡舉辦大型的生日宴會，然後放大型禮花，還有各式的表演！」

「這個待遇，妳會讓全魔族人民都陷入不可挽回的誤區。」萊特捂臉說道。

這麼隆重的活動是給公爵舉辦生日慶祝，魔王妳是想讓全國人民都認為魔族的王是公爵而不是妳嗎？

「那麼我們就取消遊行換成免稅三年……」魔王為難的說道。

「我要提醒妳，奧格西目前身兼財務長，妳認為他會讓妳為這種事免三年稅收？」萊特善意的提醒她。

「聽起來不像是給他過生日，而是在扯他後腿。」伯爵點頭附和。

「可是生日的時候沒有人祝福，一個人待在書房裡批閱各種文件，這樣也太寂寞了！」芙莉兒拍著桌子不滿的說道。

妳以為生日還要加班是因為誰的錯？

「不然寫張賀卡祝福一下？我以前經常這麼做。」伯爵開始傳授自己的經驗。

「那樣好沒誠意，明顯就是敷衍嘛。」魔王說道。

這句話刺中伯爵的心臟，他心虛的不再開口。

「那麼我們就來幫奧格西過個普通一點的生日吧！」魔王握緊拳頭，開始燃燒了！

「陛下，您的功課還沒有做好哦。」

「閉嘴！這可比功課更重要一百倍！」

《公爵大人的生日臨時作戰會議》現在開始……

♛

按照計畫，一大早先由伯爵把公爵帶離目的地，魔王隨後第一時間衝進公爵的宅邸占據了整個公爵府，集合了公爵家上上下下所有的傭人們到大廳。

人齊了，放下喝到一半的紅茶，她開始對傭人們發號施令了。

「現在整個公爵府都是本王的囊中之物，你們最好乖乖的配合一下。」魔王威嚴的恐嚇道。

這到底是怎麼回事？

魔王趁公爵人不在占據了府邸，是準備肅清公爵的勢力嗎？！

魔王滿意的看著底下眾人的恐慌，然後對塞巴斯欽使了一個眼色。

明瞭的塞巴斯欽一屈身瞬間消失，沒過多久他就抓著一個人回到了魔王的身邊。

這個人是公爵的密探，他奉命在暗處觀察保護魔王，之前的會議什麼的他不知道，但是魔王對公爵府的下手他都是看在了眼裡，準備向公爵通風報信，不料被塞巴斯欽給抓住帶到了魔王的跟前。

「你是想去向奧格西告密是嗎？」魔王冷笑，「你以為這點小手段能逃過本魔王的掌握？今天的事可容不得出任何差錯！」

收回對密探的輕視，魔王一個響指叫喚了一旁的塞巴斯欽。

一直單膝跪在魔王身後的塞巴斯欽一聲「遵命」，走向密探的跟前，下一秒就要手起刀落！直接把人打暈扔小黑屋。

沒有了阻礙，接下來就輪到芙莉兒真正的出場了。

塞巴斯欽的奧義「迅速換裝法」出現了！他變魔術一樣的一扯魔王的裙襬，魔王身上的黑白洋裝，立刻換成了輕便好看的女僕裝。

這身女僕裝有別於在人類皇城的那套，為了方便魔王行動，裙襬只到膝蓋上面一點。

這套塞巴斯欽用上好材料一手製作的、觀賞性大於實用性的魔王專用女僕裝，第一次展露在大眾眼前！

「這種時候就該穿著相應的戰鬥服才有氣勢。」魔王雙手環胸滿意的說道。

下面的傭人們被魔王的變裝給嚇得一愣一愣的沒有反應，而魔王的命令這才正要開始。

「給本魔王聽好了，現在就開始分配你們的工作。如果做不到的話……本魔王可不會手下留情！」認真的時候，魔王她是不會跟你們講情面的！

她從賽巴斯欽手裡接過一本《蛋糕初級教程》，翻開一頁開始唸道：「首先，需要二十斤麵粉、二十斤雞蛋……」

不對勁、不對勁、非常的不對勁！

公爵奉命和伯爵去城外辦公，可是到了目的地後伯爵不急於開始工作，而是拉著公爵坐在茶館裡喝茶起來。

「說來今天的天氣真好。」伯爵微笑的說道。

……

「這家的水果酒不錯，而且招待也很可愛。」伯爵對偷看這裡的女招待眨眨眼睛。

…………

「午餐我推薦招牌菜海鮮蛋包飯，還可以讓女招待在上面用番茄醬寫字。」

………………

公爵面無表情的起身要離開。

「別走！」伯爵立刻抓住他的手，語氣中帶著一點哀求。

公爵看著他，等著他給自己理由。

「我們……已經有多久沒有像這樣單獨相處了？你每天都有處理不完的工作，我知道你很忙，不過還是希望你能留點時間給我。我有很多話一直沒有機會對你說……今天能給我們彼此一個機會，讓我對你坦白我的心聲嗎？」伯爵憂鬱的看著他，眼眸裡是掩蓋不住的懇求，同時抓著公爵的手也緊了緊。

公爵看著他，緊閉成直線的雙唇緩緩的開啟。用他那性感低沉的聲音對伯爵慢慢的說道：

「雷擊術！」

晴天霹靂從天而降，將結實的雙層茶館利索的一劈為二！

「房子遭雷劈了！」

店家和客人從搖搖欲墜的茶館裡跑出來逃難，這晴空萬里的好天氣怎麼就突然來個晴天霹靂呢？

公爵冷漠的瞥了一眼還被伯爵抓住的手，那一眼就像無形的尖針刺上了伯爵的手，讓他立馬把手縮了回去。

「別這樣，偶爾出來喝喝茶、談談心嘛。」伯爵僵笑著說道。

陛下啊，您下達的命令……搞不好要我用性命去完成。

「陛下，先把蛋白快速打泡……您的速度要再快一點。」

……

「請放入三分之一的砂糖，不，您拿的是鹽。」

……

「不對，不能這樣把蛋糕放進烤爐。」

……

「您做得非常好，陛下。一點都看不出是初學者。」看著從烤箱裡拿出的漆黑麵團，塞巴斯欽溫柔的鼓勵著魔王。

「塞巴斯欽……蛋糕是這樣的嗎？」魔王瞪著這團黑色物體問道。

怎麼和自己平時吃的蛋糕從形狀到氣味都不一樣？

「是的，請您放心。只要塗上巧克力醬就沒問題了。」塞巴斯欽笑容不變的說著假話。

這個不能稱作為食物的物體，公爵吃下的話，估計魔族第一百代魔王的歷史就要在今天完結了。

「可是我想做的是草莓蛋糕啊。」魔王很是為難的說道。「不然我們再做一個，這個就做我的下午茶好了。」

……

…………

…………………

「陛下，蛋糕的後續裝飾就請交給我吧，您的下午茶時間到了，請先去一旁享用。今天的點心是蘋果派。」塞巴斯欽走到魔王身後，雙手搭上她的肩將她慢慢的推出了廚房。

「那好吧，其他就交給你了，賽巴斯欽～」

蛋糕做完了，下午茶時間也到了。魔王接受了賽巴斯欽的提議，接下來的後續就交給她忠誠的執事去辦吧。

一個人寂寞的喝完一杯茶，閒不住的魔王開始在公爵的府邸探險了起來。

這個地方她沒來過幾次，更沒有在公爵人不在的時候來過，一切都充滿了新奇。

走著走著她來到了書房，老實講魔王對任何一個書房都沒有太多的好感，不過這個書房是公爵的，裡面會是怎麼樣她有些好奇。

公爵的書房沒有皇城裡的大，不過擺設的一目了然倒是和自己的書房很相近。這裡面任何一個角落都乾乾淨淨，擺放整齊。相比之自己的書房，只要她一進去就會弄得亂糟糟，某一個不起眼的角落還偷偷堆放著看完的羅曼史小說。

「不知道奧格西平時看什麼書？」魔王自言自語的走向裡面一點的書架，踮腳抽出一本。

一本薄薄的歷史相關的書。

「真是沒意思。」魔王失望的把書塞了回去。

餘光瞥到了一旁被長布掩蓋的物體，魔王靠近後沒有急於掀下看個究竟，而是圍著轉了幾圈。這看上去比自己高了兩個頭的是什麼？

「是雕像？如果是雕像的話為什麼要蓋住？嗯，有點可疑呀。」魔王這樣說著，同時間手已經抓著長布掀開。

一面鏡子……

一面鏡面破損的鏡子，在奧格西的書房裡有一面破損的鏡子……

為什麼在奧格西的書房裡會有一面壞掉的鏡子？是忘記扔掉了嗎？奧格西也有忘事的時候？聽上去不太可能吧。

魔王努力思考了幾分鐘依舊沒有頭緒，她也放棄了繼續深究的耐心，尋找著下一個能讓她感興趣的東西。

靠近角落的一個獨立書架，上面放著的不像是書，而是紙張冊子一類的。芙莉兒瞇起眼睛心裡琢磨著這個書架有什麼不一樣。初步目測一下，和她用來做功課的紙張本冊應該是同一款，她用來做功課的本冊也不是什麼特殊品，就是平時用來記記帳、寫寫日記的那種。

……

…………

……………

這個書架莫非是奧格西的日記！？

一想到有這麼一個可能性，芙莉兒的呆毛又開始停不下來了。奧格西的日記她非常想看，但是如果被他知道的話，自己不就慘了嗎！？可是這是千載難逢的好機會，說不定能知道奧格西一些不為人知的小秘密。

芙莉兒的內心經歷著前所未有過的選擇，她捂著腦袋在看與不看中苦苦掙扎。

「好吧，就看一下、就看一下好了。」

終究她還是輸給了自己的好奇。

芙莉兒一手捂著自己的眼睛，一手去抽小冊子，慢慢的抽出了其中一本。

一本漆黑的牛皮封面，上面沒有署名。芙莉兒覺得自己現在的心跳速度離破百不遠了，手上的本子還沒翻開就能感覺到一股沉重的壓力。

她先是心虛的看了看四周，雖然沒有人，不過她還是不放心的走到門口把門給反鎖了，才鬆了一口氣。

「我不是偷窺，只是偶爾也要知道一下下屬的內心世界。」芙莉兒自說自話的打消自己的罪惡感。

終於，鼓起勇氣翻開了第一頁，她屏住呼吸打開了公爵的內心世界！

…………

這根本不是公爵的日記，而是她的功課！？

本子的第一頁滿眼看去都是她的字跡，而且還是她的心得報告。

芙莉兒從頭到尾都翻了一遍，確定這的的確確就是她的功課，她無語的望向書架上那一排排差不多的本冊，不死心的將書架上所有的本子冊子都翻了一遍，全部都是她寫的功課，全部都是！

奧格西真是卑鄙，欺騙了她純潔的心靈。

芙莉兒失望的重新將本冊塞回去，當書架又被她重新塞滿時，她無聲的長嘆一口氣。

還真是沒有驚喜，卻處處都是「驚喜」的書房。

沒事把她的功課塞滿一書架，這東西幹什麼要留著呀，紀念保存，等著後人來瞻仰「第一百代魔王曾經做了一書架的功課喲～」這樣嗎？！

…………

好吧，自己做完的功課已經能排滿一書架，看上去還是滿有成就感的。

哀怨的瞥了一眼這個書架。魔王突然換了一副驚訝的表情看著這個書架。

原地繞了一圈，她注視著整個書房。放著自己功課的書架明顯比其他書架要新的多，照自己的學習速度，應該過不了多久，就又能放滿一個書架，然後過幾年就能有更多的書架……這樣的話……好像也不賴。

公爵的書房裡除了工作文件和看得讓人枯燥的書籍外，剩下的都是她的功課。然後未來的某一天，她的功課會占據公爵書房的一大半。

唉，等一下！要占據這個書房，她要做多少功課啊！？

♛

今天真是糟透了的一天！

和伯爵外出公幹，沒什麼比這更糟糕的事情。

公爵忍不住發飆了一次，但是那只是開始。接下來他有種被欺騙的感覺，一直被伯爵左右著不知道幹什麼。

魔王很難得會派他們兩人去城外辦事，而伯爵一個勁的拖他後腿，正事不幹喝茶聊天泡女孩子，他可沒那個閒工夫看伯爵怎麼追女孩子！氣得不知道轟了伯爵多少下，最後總算是能開始做事了，可是伯爵卻拉著他做起了義工，看到哪裡需要幫助就往哪裡跑。扶老人過馬路、送迷路小孩找媽媽……伯爵你真是讓人又一次刮目相看了！

天色漸漸暗了下來，他們總算是可以回家了。本來要去皇城向魔王彙報工作，可是伯爵又吼著早上把重要文件落在他家裡催促著要先去拿。這讓公爵真的很想直接把他往一旁的水池裡按！

疲憊的趕回公爵府，沒有人看大門，沒有燈光，整個公爵府寂靜的像是鬼屋。

直覺家裡出了點什麼事，一路戒備的走到緊閉的屋子大門前，要不要開門？他有些遲疑了。

到底發生了什麼事？

很奇怪，今天一整天都和平常不一樣，從伯爵的行為到他寂靜的公爵府都很奇怪，就像有什麼陰謀一樣。

♛

「生日快樂！」

推開大門，室內一瞬間明亮了起來，一大堆人在門裡面迎接著他的回來。當然還包括了應該在皇城的魔王那一夥人。

「奧格西，生日快樂！！！」魔王高舉手臂，微笑著祝賀。

「一切都準備好了，公爵大人。」賽巴斯欽恭敬的退了一步，讓公爵能看清身後一桌又一桌的美食。

「……雖然我不明白魔族的生日和我有什麼關係，不過既然我來了，當然不會空手而來。給我好好的收下。」黑著臉的園藝師西茲，捧著一束充滿惡意的白菊說道。

「這是我送你的，感激的收下吧！」萊特冷哼著將一包裝的很漂亮的禮盒遞上，隨後給一旁的翡翠一個挑釁的眼神。

翡翠什麼都沒說，直接從自己的空間裡拿出一對完整的極品象牙出來。從大小來說要比萊特的禮物更大，這讓萊特氣得牙癢癢。

……………到底是怎麼回事？

公爵很想這麼問，不過看到興高采烈的魔王，就算不用問他也知道發生了什麼事。

「是不是很感動？」魔王驕傲的問。

很想好好打妳一頓。

「果然生日還是有人陪才好對吧？」

……………

「你現在是不是感動的說不出話來了！？」

「陛下……」

「什麼？我在聽哦～」

「您今天功課又沒做是吧。」

……

…………

……………

「因為你的生日比功課還要重要！本魔王是這麼認為的。偶爾關懷一下下屬，這是一個上司應該做的，你可以痛哭流涕，但是不可以對本魔王進行加課！」魔王一愣，炸毛一樣的對公爵吼道。

她不敢相信公爵竟然不被眼前的一切所感動，第一句話又離不開她的功課，他能不能換句別的話說啊！？

被伯爵以公務之名拖出去浪費了一天，原來一堆人窩在他家就是為了這件事。公爵很想說「不要給我浪費時間做無意義的事呀」，不過若是真的這麼說了，不用猜也能知道大家會是什麼反應。

看著魔王閃著星星眼一臉期待他說些什麼，公爵只是乾瞪著她，腦海一片空白，到嘴邊的各種嘲諷話都硬吞了下去。

「喂，給點反應啊！」不知道伯爵什麼時候繞到了他身邊，在他耳邊輕聲提醒道。「陛下可是親自為你舉辦了生日派對，這個時候你只要微笑就可以了。別光站著不給反應啊。」

微笑？他其實想苦笑來著。

「這是我做的蛋糕喲～」

賽巴斯欽推著放了一個精美蛋糕的餐車過來，一旁的魔王立刻驕傲的向他介紹。

這一個蛋糕和之前魔王所做的那個完全是不同的，賽巴斯欽可不是光「修飾」一下而已。對魔王「善意的隱瞞」一些事情，對大家都是好事。

「大人，這是陛下『親手』做的，因為您不太喜歡甜的，所以特地減少了甜度。」賽巴斯欽說道。

點綴滿草莓的粉紅草莓蛋糕，看上去極為精緻。一聽說是魔王親手做的，一旁其他本在圍觀的人都湧了上來。

「看上去好正常，真的能吃？」萊特盯著蛋糕認真問道。

「我也想要。」翡翠直接用小狗一般的眼神和魔王交流。

「快切蛋糕吧！」西茲知道要獨吞這蛋糕是不可能，只想著能快一點分得一份。

每一個人都對這一個魔王「親手」製作的蛋糕很感興趣，除了公爵。

幾個人虎視眈眈的盯著蛋糕，公爵心裡不快了起來。

雖然他不喜歡這種軟綿綿只有女孩子才會喜歡的甜品，但這些個毫不收斂赤裸裸欲望的人，怎麼看都異常的礙眼。

「陛下，那我就收下了，謝謝您的禮物。如果可以的話，請讓我保持原樣的封存起來留作紀念。」公爵瞥了一眼其他人後，對魔王這樣說。

這是要獨吞啊！好不要臉的獨吞！

「你喜歡就好，不過這個是蛋糕吧，蛋糕不應該是吃的嗎？」魔王感動的漲紅了臉，可隨後她又對公爵的提議稍微有點不解。

吃？！

公爵望了一眼蛋糕，這分量要他一個人吃絕對是吃到吐。可要分給那群傢伙……

心中的天秤在吃還是不吃之間來回搖擺。

「如果奧格西你喜歡的話，我下次再做好嗎？別小看我喲～之前在人族的皇宮裡我可是有學過做點心。我對自己的手藝可是很有自信的！」魔王拍著胸脯保證著。

噗！

知道魔王真實手藝的賽巴斯欽扭頭，不忍心用同情的眼光看公爵。

♛

室內熱鬧的氣氛給一向冷清的公爵府邸增添了不少熱度，這並不像一般的宴會那麼嚴謹，只能算是個私人的派對。可就是私人的派對才顯得更吵鬧，更不用提偶爾還會刀光劍影一番。比起派對，更像是拆房子。

受不了吵鬧的公爵走到了陽臺透透風，今天的他疲勞值要比工作時更累。

白白浪費了一整天！

這是公爵對今天一天的感想。

夜晚的冷風吹散了心頭的混亂，讓他感覺頭也不是那麼的脹了。靠在欄杆上仰頭望著被繁星點綴的夜空，似乎沒察覺到自己的嘴角上翹著。

或許身體上是疲勞的，不過他的精神上好像得到了不小的滿足。

今天又讓魔王混過了一天，不過看在她好像努力了一天的分上，就不懲罰她了。但是回頭一定要好好警告她，可別把時間再浪費在這些無聊的事情上。

正當他心裡這樣打算著，魔王的聲音在他身後響起了。

「奧格西，你怎麼出來了？」

魔王在室內阻止了翡翠和萊特的械鬥，轉眼就找不到公爵的人了，心想估計不喜歡太熱鬧的他一定是跑去什麼安靜的地方。她的呆毛電波一路指引著她來到了陽臺，順利找到了他。

「過生日真的很有趣。」魔王跑到他的身邊，扶著欄杆對公爵傻笑著。

「陛下，今天的您很開心嗎？」這樣一說，公爵才想起魔王沒有過過生日。

「開心呀！雖然是你過生日，不過一樣很開心。」魔王她突然看向公爵，對他笑著說道。

「今天我又對你多了一點瞭解喲～」

她並不準備把自己白天在奧格西書房裡的探險說出來，這是只屬於她一個人的小秘密。

隨後她沒等公爵開口，從懷裡拿出一個管狀物，高舉著拉開了末端的細繩。「嗖！」一聲，一道煙霧射出，在黑夜裡留下短暫的一白線。

還沒等公爵反應過來，只聽到一陣巨響，不知道從什麼地方升起了一朵煙花，在天空綻放開來。這不是唯一，緊接著更多的煙花一個個升起，把黑夜一次次的照亮。

這並不是什麼禮花，而是魔法。

這個時候公爵總算想起裡屋還少掉一個的身影到底是誰了，是魔劍兔子。

想必這漫天的魔法禮花就是出自那隻魔劍兔子之手……那好歹是傳說中的魔王之劍啊！也只有魔王才敢當它是沒耳朵的萬能藍貓用，真是大手筆！

「怎麼樣?本魔王準備的生日派對很棒吧？」魔王喜孜孜的向公爵邀功。

魔王天真的笑容觸動了公爵心底的某根心弦。

公爵一直認為他和魔王之間的關係只是君臣，他所要做的就是把她培養成最出色的魔王，由她帶領著魔族進入全盛時代。

她雖然是魔王，但也是一名未成年的女孩。和她一般大的孩子在享受著愉快的童年，可是她是魔王，沒有那樣的時間。

魔王對很多東西都充滿了好奇和嚮往，那是屬於她這個年紀的天性。

自己好像剝奪了她太多的東西，而自己的本意並不是希望她成為一名沒有任何情感的魔王。

「陛下……」在禮花下，他叫喚了她。

「什麼？」被滿天禮花吸引的魔王回頭看著他。

她天真無邪的眼眸裡是對他滿滿的信任和依賴。

「下一次，過生日吧……」公爵脫口而出，「您的生日。」

……

…………

……………

「真的嗎？我也有生日嗎！？」魔王一愣，激動的拉著他的衣袖問道。

「啊，您的生日是下個月。」

公爵不會忘記他和魔王第一次見面的日子，那一天她「誕生」了，在自己的面前，因為自己而「誕生」。

「好高興！」魔王撲了上去，用頭蹭著公爵的手臂開心的說道。「這是我從奧格西你這裡得到的第二件最重要的禮物。第一個是名字，第二個是生日。好高興，能得到這樣的禮物。我最最喜歡你了！！！！」

小小的魔王此時在期待，期待自己從公爵手裡得到下一份禮物的時刻。

每從公爵那裡得到一份「禮物」，她的心就像是被填滿了一部分。那樣的滿足感和幸福感比喝最好喝的紅茶，吃最好吃的點心更讓她高興。

啊啊~只有奧格西知道我所缺少、想要的東西。無論是過去還是現在或者是……未來。

魔王不由得更加的貼緊公爵，雖然有一瞬間感覺到因為她的靠近，公爵的身體略顯僵硬，可那也只是一瞬間的事。

嘿嘿~只有我才可以這樣靠近公爵，這樣的感覺真的很不錯。

——END

Lv.
99
世界第一的
魔王陛下們

問：怎麼才算是一名出色的魔王？
答：魔王當然是比任何人都強的存在！
問：魔王的強，具體體現在哪些方面？
答：當然是全方面了，比如：魅力值、武力值、魔力值、學力值……
問：魔族第一百任魔王陛下的基本數值？
答：……這題可以棄權嗎？

就是這樣，第一百任魔王陛下是一位讓所有人都擔憂魔族前程的存在。

就算是擁有了強大的魔王之劍，那也不代表她得到的經驗值把她升級到了Lv99，說詳細一點，就是她的等級是永遠的Lv0，餘下的九十九只是魔王之劍的自帶等級。

比起魔王這一個自古就讓人恐懼的印象，她更像是天真浪漫的公主。

也就是這和魔王身分完全相反的外表和能力以及性格，所以她成功的「俘虜」了正義的化身——勇者和黃金巨龍。比起她前九十九位老是被勇者們打敗的魔王祖先們，她也算是成功了。

可即便這樣，她依舊還是不合格的魔王。因為她離征服世界的目標差得實在是太遠了，魔王上崗資格重修無數次的笨蛋！

自從上次雄赳赳的向公爵開戰，試圖以精心設計、防禦滿點的皇城為畢業作品，為自己永無天日的功課劃上完美的句號……她堅信自己的傑作很完美，至於找不到門、自己都迷路這就是後話了。

總之，又折騰了一番後，增加了一門全新的建築學課程。公爵想當然的說法是：「既然陛下對建築這麼有興趣，那麼我們就來系統的學一學。」

搬起石頭砸自己的腳，魔王面對的是永無止境的用石塊來砸自己。

「我不學了！」

最近時常會聽到魔王這樣的怒吼，通常是吼完繼續做功課。

可今天……卻不一樣。

♛

「我不學、不學、不學！我是魔王只要征服世界就好了，學什麼建築學，難道征服世界後的重建工程也是魔王負責嗎！？」書房裡被撒了一地的課本和紙張，芙莉兒暴躁的對著魔劍兔子捶打發洩著。

「這一切都是為了陛下您好……應該吧。」被虐待的魔劍兔子還要安慰施虐者。

「才不好！投訴！投訴！投訴！投訴！我要投訴這是虐待！」她開始打滾撒潑了。

「您要找誰投訴？」魔劍兔子認真的問。

普天之下魔王算是最大的，比魔王大的應該是公爵。魔王要投訴的正是公爵，都沒有上層機構了，她還能向哪投訴？

芙莉兒當然知道自己投訴無門，也不過是發發洩抱怨抱怨。

「好討厭啦，魔王什麼的最討厭啦！為什麼魔王就要去征服世界嘛，輕輕鬆鬆的有什麼不好？都是魔王的錯，一切都是魔王的錯！」

錯的不一定是前九十九任魔王，但眼前的第一百任魔王絕對是錯的。

回頭望向桌子上高高疊起的好幾打功課，芙莉兒長嘆一聲。

通常到了這一地步，她會乖乖的回到桌子前再次與功課打起痛苦的戰鬥，直到下一次暴走。

這樣來來回回的重複都沒變化，估計公爵大人就是吃準了她只會毫無新意的口頭抱怨，所以最近開始實行「每日不做完一定功課就取消當天的下午茶時間」這極度斯巴達的戰略。

可她這時突然一把拎住魔劍兔子的耳朵，近距離好似脅迫的說道：「既然你可以投影皇城和士兵，不如投影一百個我出來，大家一起分擔一部分功課，根本就不需要花多少時間的！」

芙莉兒也不是笨蛋，只是那點小聰明從未用到正途上而已。

「陛下，偷懶是不對的。我只是一把有著兔子玩偶外型的魔王之劍，而非沒有耳朵的萬能藍色肥貓。」

「那就投影隻沒有耳朵的萬能藍色肥貓給我也可以！」

魔劍兔子很鬱悶，或許它不是那隻萬能的藍色肥貓，但是它們都有一個不愛學習、很難搞定的主人。

「真是拿妳沒辦法，只有這一次哦。」最終魔劍兔子屈服了，它對芙莉兒這樣提醒道。

聽魔劍兔子這麼說，芙莉兒連忙點頭答應。

只見魔劍兔子拿下平時一直戴著的禮帽，在裡面掏了掏，終於掏出了一把小巧的魔法少女杖，也正是真假魔王大戰時所使用過的魔王之劍本體的小一號。

「揮一揮，唸出咒語功課就都完成了嗎！？」接過魔杖，芙莉兒閃爍著星星眼躍躍欲試的揮舞了起來。

「不，當妳成為獨當一面的魔王後，只要揮一揮，世界就會毀滅喲。到時候就不用……」

「可在我成為獨當一面的魔王前，我還是要被強制學習！就沒有不用毀滅世界也不用學習的辦法嗎？」芙莉兒認真的問。

「有付出才有回報……」

「我是魔王，總該有個特權吧？」

魔劍兔子慶幸公爵大人此刻不在這裡，否則聽了芙莉兒的話估計功課又會增加不少了。

「啊啊啊~誰都好，救我出這個滿是功課的深淵啊！」

跺著腳自暴自棄的低吼卻沒有想乖乖的回去做功課，芙莉兒沒有注意到拿在手的魔王之劍發出了微微的光芒。

一開始只是一閃一閃而已，漸漸的光芒越來越強烈。

「怎麼回事?這是要自爆嗎？！」這光芒超出了芙莉兒的眼睛承受範圍，她下意識甩開手裡的魔王之劍，雙手捂住自己的眼睛。

再次睜眼時，她已不在自己的書房，而是一條陌生的走廊。

一條彷彿怎麼走都走不完的長廊讓芙莉兒有些害怕了起來，任她如何呼喚也沒有人出現在自己的跟前，別說公爵了，連無論在何時都能隨叫隨到的執事都沒了蹤影！

這讓她又想起自己在投影出的迷宮裡迷路的不好回憶，無頭蒼蠅一般的來回亂竄。

「我錯了，我會乖乖做功課的啦！」跑了幾圈明顯是超出她的運動量，一屁股跪坐在地的芙莉兒紅著眼在無人的長廊大聲說道。

像是回應了她的諾言，寂靜的長廊上漸漸出現了聲響。聽不清是誰的聲音，在說些什麼。她立刻起身朝著聲音的方向小跑著過去，聲音離自己越來越近，她的心情也激動了起來。終於她和聲音只隔一道門而已了。

♛

多李斯・梵無趣的打了個呵欠，手裡正在翻閱的文件讓他越看越犯睏。瞇起眼睛瞥向一旁認真幫他一同看文件的下屬兼好友里奧・特維斯，他的眼神一飄，手裡的文件偷偷的放下，輕手輕腳的從座位上移動。

「陛下，您想去哪？」他的小動作逃不開里奧的餘光。

「今天看了好多文件，反正又不急，等明天再看不就可以了？」多李斯坐回座位上，開始耍起了無賴。

「今天能做完的事請不要放到明天，您的明天何其多？」里奧怎不知道多李斯的性格，只要遷就他一次，那麼就會沒完沒了。

「正因為我的明天太多了，所以就不要為難我的今天嘛。」多李斯不反駁不辯解，非常爽快的承認了。看到里奧一臉無法反駁的吃癟樣，他的心情更加舒暢。

看向桌上那些為數並不多的文件，他起身走到里奧的身旁，安慰式的拍拍他的肩語重心長的說道：「雖然我不討厭看這些東西，不過看多了會厭。不如找點比看這些文件更有趣的事情來做做？」

「陛下，您哪件事不是三分鐘熱度！？哪怕是戀愛，您也同樣三分鐘熱度！」

「戀愛啊，無論說得多麼冠冕堂皇，最終的目的都是把對方騙上床。抱歉，這種事對里奧你來說太複雜了吧？」多李斯很是無辜的說道。

雖然欺負里奧不是他的本意，不過無聊的時候也只能拿里奧下手捉弄一下。看著他一臉敢怒不敢言的吃癟表情，多李斯也不覺得內疚。

「真的好無聊……」多李斯往沙發上一躺，懶洋洋的說道。

里奧也放棄了和多李斯交流的心情，拿起那一疊文件自顧自的看了起來。

「里奧，真的好無聊哦。」多李斯翻了個身，趴在沙發上對里奧說道。「不要看那些文件了，唔……我命令你，我們來做一點比看文件更有意義的事吧。」

「陛下，我情願把時間都花費在更多的文件上，也不願意和你做『更有意義』的事！」里奧黑著一張臉拒絕道。

「別這樣，絕對有趣。」多李斯對里奧招手，突然來了興致，「上次派入人族的間諜回報某一個國家的臣子叛變開戰，這種以下犯上的事情好像很不錯，我准許你叛變，向我開戰。」

……

………

…………

「陛下，您認為我會背叛您？！」里奧立刻冷下了臉，怒視道。

「怎麼可能？」多李斯回以笑容安撫道。「你不用擔心我會像那個國家的皇帝被臣子趕下臺，我對自己的戰鬥力可是非常有信心的。」

他的話還真起不了安慰作用。

「就算您這麼保證，我也不想陪您玩那麼愚蠢的遊戲！」里奧努力克制自己的情緒，雖然他做不到多李斯所期待的叛變，但是用檔案夾抽他的臉這點勇氣他還是有的！

多李斯失望的嘆了口氣，望著天花板發起了呆。

這個世界上就沒什麼有趣的事發生嗎？無論做什麼事都很快的失去了熱情和樂趣，就沒什麼事情值得他花費所有的熱情和精力嗎？

哪怕是被人族和精靈族歌頌的愛情，也填補不了他內心的空虛。

偷瞥了里奧一眼，多李斯閉上眼睛掩蓋眼中的失望。

他以為里奧能理解他，理解他的空虛，能為他尋找填補內心空虛的方式……看上去就算是自己最好的朋友也無法理解他所想要的那部分。

多李斯・梵——魔族的魔王，他作為這個世界僅次於神的強大，這樣強大的他降臨在這個無趣的世界……與其說不甘心，不如說失望，他找不到自己存在的理由。

咯吱！

推門聲打斷了他和里奧之間的沉默，多李斯懶洋洋的睜開一隻眼瞥向門口。一個陌生的小女孩帶著欣喜表情出現在他的視線裡，這份欣喜持續沒幾秒，在看清了他們後，疑惑爬上了她俏麗的小臉。

「誰?新來的女僕?」里奧打量了一下少女，問道。

不，不像是女僕。

這個女孩身穿著用精緻的寶石作為裝飾的華麗洋裝，皇城的女僕可穿不了這麼昂貴的洋裝。

可是作為魔王居住的皇城，也不是哪家貴族女孩可以不經過通報就隨意進入的地方。

多李斯的記憶裡也沒有這個女孩的印象。

「誰允許妳不通過通報，就擅自闖入陛下的書房?報上妳的名字來!」里奧冷著臉對女孩說道。

「唉?你們是誰?」女孩盯著多李斯和里奧好一會兒後，疑惑的問。

她竟然沒有像一般人一樣感到驚恐，甚至連最基本的禮儀都沒有。即使她還只是個什麼都不懂的孩子，卻也不能隨隨便便挑釁魔王的權威。

里奧決定喚侍衛將女孩帶走，以「不敬」之罪關押，等著她不長眼的貴族父母來認領，到時候他絕對要好好懲罰她的父母！

雖然多李斯作為魔王大多時間不夠威嚴還吊兒郎當，但里奧絕不允許任何人冒犯王的威嚴。而多李斯則和里奧所想的不同，作為眾人敬仰的魔王，每個人都對他恭恭敬敬。就算是好友里奧也和其他人一樣與他維持著君臣關係。這個陌生的女孩對他的態度倒是他第一次碰上，讓他充滿了好奇和有趣。

「迷路了嗎，小女孩？」多李斯走向女孩，低頭問道。

「是你！」女孩看著他的表情從疑惑又變回了欣喜，這讓多李斯又驚訝了幾分。

「我們認識？」多李斯打量著女孩，他的記憶裡真沒有這個女孩。不過……女孩湖藍的眼眸裡純粹的高興和依賴，讓他有說不上來的好感。他蹲下了身，牽起女孩的手輕輕一個吻手禮，「真是失禮，可以告訴我妳的名字嗎，小姐？」

「陛下！」里奧驚愕的瞪著他們。

多李斯這是在幹什麼！？對一個未成年的小女孩這般親切，他們認識嗎？不對，以往認識或追求的女性也沒見多李斯這個樣子。

等一下！這傢伙整天叫無聊、沒趣，對什麼事情都漫不經心，如今他對一個小女孩……難不成他只對未成年的小女孩有興趣?這就是真相嗎!?

冷靜!他不該對陛下的癖好有任何不滿,如果陛下真的是連小孩子都不放過的人渣,他可以鄙視他的行為,但絕不能反對。

不對!誰知道陛下這次是不是又三分鐘熱度?這麼小的孩子成為陛下無聊下的犧牲品,那就太可憐了!

「真是沒禮貌,在問別人名字前不是應該先自報姓名嗎?」女孩有些生氣的說道。「竟然還有人不知道我是誰!」

「那還真是我的失禮。」多李斯笑著說道。

多李斯的笑容讓里奧寒毛豎起,若不是多李斯一直和他在一起,他都要懷疑眼前這個是不是只是和他的陛下長了一張同樣面容的陌生人。

「我的名字是多李斯・梵,這個名字對妳或許有點陌生,不過大家都習慣稱我『魔王』。」

多李斯自我介紹了。

他的自我介紹果然讓女孩神色大變。不過她接下來的話不是「您就是魔王陛下?」而是:

「什麼,你也是魔王!?我也是魔王耶。」

得到和預想中天差地別的答覆，多李斯的笑容顯得有些僵硬。

「開什麼玩笑！是誰允許妳自稱『魔王』的，女孩？！」里奧的震驚和多李斯不同，女孩的話讓他憤怒的抽出了長劍，「陛下，這個人有可能是刺客，請快離開她！」

「里奧，她還只是個孩子。其中一定有什麼誤會。」

「是不是誤會，我會對她進行拷問後再行定奪，請陛下您迅速讓開！」裏奧說道。

「無理，你這是對本魔王不敬！」里奧的話讓女孩也生氣了，她高傲的抬頭斥責他。

魔王這個稱呼對自己來說也是可有可無的？

多李斯這個時候倒是像旁觀者一般，考慮起了這個問題。

女孩說她是魔王，他只是驚訝，卻沒感覺到憤怒。他並不是一個什麼都無所謂的人，身為魔王，自然有魔王的尊嚴。他可以毫不留情的殺死一個自己前一秒還對其甜言蜜語的女人，也可以眼睛不眨的毀滅一個國家，這樣的他絕不是什麼好人。

任何冒犯他的人都不會有好下場，哪怕是里奧，如果越過那條線，他也會毫不留情。

但是眼前這個明顯嚴重冒犯了他的女孩，他卻不像以往那樣。

很奇妙的感覺。

「妳想成為魔王？」多李斯問道。

「收回你的話，本魔王就是魔王！」女孩回答，只是她隨後的喃喃自語沒有逃過多李斯的耳朵，「雖然當魔王不是我自願的。」

真是個有趣的女孩，總覺得和自己有什麼地方很相似啊。

「真抱歉，魔王的位子可不能隨便交給妳。不然里奧會一直唸叨著。」多李斯指著身後的里奧對女孩說道。「不過小姐妳倒是讓我覺得很有趣，或許哪一天我厭倦了魔王的寶座，到時可以送給妳哦。」

「陛下，您在說什麼！？」里奧望著多李斯，不敢相信他竟然會說這樣的話。

「哼，本魔王才不需要贈送，那本來就是屬於我的！」女孩一愣，她高傲的抬起頭，不屑的回答。

……

…………

……………

「噗哈哈哈哈，這個孩子好有趣。我對她的未來好期待，怎麼辦？」多李斯看著女孩，突然笑出了聲。

「陛下！」

「那麼告訴我，成為魔王的妳有什麼想要的？」多李斯來了興致，充滿了期待的問。

這個小女孩是會要漂亮的衣服，還是好吃的點心呢？如果只是這些，他這個魔王可不吝嗇。

「當然是征服世界了！」女孩冷哼著鄙視道。

征服世界？

多李斯驚訝女孩又給了他一個不一樣的答案，這個女孩的身上有太多讓人意外又有趣的事情。

「征服世界嗎？妳的野心倒是不小。」多李斯說。

「那和個人意識無關，每一任的魔王都是以征服世界為目標。如果連這點覺悟都沒有，不配當一名魔王。」女孩驕傲的說道。

「魔王必須要去征服世界嗎？」想到自己從未有過征服世界的想法，現在被女孩這麼一說，多李斯真覺得有點心虛。

「……我怎麼知道！？一代代傳下來的傳統，只有這一條傳了一百代，要怪就去怪第一代的魔王！」女孩愣了一下，突然生氣的吼道。

一百代？

「里奧，魔族的歷史已經持續了這麼久嗎？」多李斯被這個數字嚇到了，回頭向里奧求解。

「這個……」里奧也說不上來。他的記憶裡並沒有所謂的以前。

多李斯建立了魔族，成為了魔王。在此之前魔族並沒有魔王，也未曾聽說持續過數代。女孩所說的話聽起來就像是另外一個世界的事情。

「唔，算了，從現在開始還來得及。」多李斯思考了一會兒，決定放棄一些對他來說不太重要的事。他現在對女孩的興趣越來越大，「現在可以告訴我妳的名字嗎，魔王小姐？」

「芙莉兒，芙莉兒・特維斯。」女孩大大方方的說出了自己的姓名。

芙莉兒・特維斯啊……

多李斯微笑著，微笑的望向身後的友人，那名叫做里奧・特維斯的男人。

「里奧・特維斯，不向我介紹一下這位『特維斯』小姐嗎？」

多李斯還是第一次知道，里奧的表情原來可以這麼難看。

多李斯・梵認為今天是他有生以來過得最愉快的一天，自己以往無論發生何事都保持嚴謹的親友這個時候處於精神崩潰邊緣。凶手大概就是他們眼前這個未成年的小女孩了。

芙莉兒・特維斯，整個魔族擁有這個姓氏的除了里奧外還會有誰？

「里奧，你真是讓我刮目相看。一聲不吭的就有了這麼大的女兒了。」多李斯故作哀怨。

「絕對不可能！」里奧一面努力向多李斯以示清白，另一面恨不得把誣陷自己的女孩扔進地牢。

多李斯可不會讓里奧終止這麼有趣的事情。他把女孩摟進懷裡一臉親切的關懷：「啊啊～真是可憐的孩子，妳的父親竟然不認妳。沒關係，就算他不認妳還有我在。里奧，如果這個女兒你不要的話就送給我吧。芙莉兒・梵聽起來也不錯。」

無論這孩子是不是真和里奧有關係，那已經不重要了，有這個孩子在，未來可以給他無趣的生活增加更多意想不到的樂趣，也能隨時隨地的看到里奧一臉吃了蒼蠅的窘迫。

「才不要！」女孩推開他，也拒絕了他。

多李斯挑挑眉，饒有興致的看著又一次讓他意外的女孩。

魔王的恩賜可不是什麼人都能得到，他既然說要把王的姓氏賜予她，哪怕她以前其實是最低賤的奴隸，現在也能一躍成為萬人之上的公主。世界上最大的財富放在她的眼前卻不要，這個女孩是太愚蠢還是太聰明？或許他可以期待一下更有趣的答案。

「我的就是我的，臣子的也是我的。雖然奧格西大部分時候都只會要求我做這個做那個，動不動就拿『您是魔王』做開頭……無論是芙莉兒這個名字還是特維斯這個姓氏都是被我承認，屬於我的！」

女孩說著極為任性的話，還說了一個陌生的名字。多李斯明白被女孩所提及的人對她來說應該是極為特殊的存在，特殊得讓她能拒絕自己。

「里奧，你知道『奧格西』這個人嗎？」多李斯開始好奇起這一個陌生名字。

「陛下，請給我一點時間，我立刻去查。」里奧保證。

「你們竟然不知道奧格西？奧格西・特維斯他可是魔族的公爵呀！」女孩驚呼道。

「妳不也不知道我和他嗎？真巧，我這邊這個叫里奧・特維斯的也是魔族的公爵。」多李斯指著里奧說。

「那邊的，你和本魔王的公爵是什麼關係？」女孩望向里奧，站直了身體疑惑的問。

……

……

…………

真是巧了，這邊也想問同樣的問題呢。

「不如我們重新整理一下對話吧。」多李斯提議了。「現在有兩個魔王，有兩個姓『特維斯』的公爵。我們相互都不知道彼此，小姐也提過妳是『第一百任魔王』吧？不如先告訴我，妳這位魔王為何會出現在我們面前的原因吧？」

「嗯……和以往一樣在書房裡做功課，之後我的魔王之劍發光了，等到睜開眼就到了奇怪的地方，然後聽到了聲音就推門進來見到了你們。」女孩掰著手指一件一件的說了出來。

「突然出現？傳送陣？」里奧問。

「等等，我似乎抓到了一點重點！」多李斯捂著頭認真說道。

他思索一番後，突然召喚出自己的魔王之劍。

他的劍力量太大，平時自己又用不上，放在外面魔力外洩讓其他人喘不過氣來，所以就被他存放在廢棄的空間中。

此時他召喚出了魔王之劍，而許久未見天日的魔王之劍彷彿擁有自己的意識，這一次釋放的魔力要比以往任何一次都更強大。

里奧雖然是魔族數一數二的強者，可在魔王之劍面前也被壓制的有些喘不過氣來。而在場的另外兩人卻沒事一樣。

魔王之劍的魔力不會反射到魔王本人身上，多李斯是魔王，也是劍的主人，他沒有事是理所當然。而那個看上去柔弱的一推就倒的女孩同樣沒事，這又代表了什麼？

魔王之劍承認了她是魔王。

這個事實尚未讓人消化，接踵而來的是更大的震撼。

魔王之劍在一大一小兩位魔王之間發出了只有兩人聽到的刺耳聲響，伴隨著聲響的是傳入他們腦海裡一幕又一幕從未見過的畫面。

兩個人的臉色越發的蒼白，一旁不知道他們之間發生了什麼事的里奧護主心切，強撐著身體就要上前保護多李斯。就在他快靠近多李斯的時候，突然迎面一陣熱浪襲來，強大的氣流硬是將他震飛了出去。

而多李斯和女孩兩人虛脫一般的身子一鬆，雙雙跌坐了下來。

「陛下！」里奧連忙爬起來衝到多李斯跟前就要使出治癒術，「您受傷了嗎？」

「我沒事，只是有點訊息量接受過度。」多李斯揮了揮手，阻止里奧道。

略微休息了一會兒，多李斯看向對面和自己一樣緩過神來的女孩，他笑了。他露出里奧看不懂的笑容，那笑容裡包含了太多的溫柔。

多李斯走向女孩，一把抱起她。

「現在不能說『初次見面』，不過我還是要說：很高興見到妳，我的後輩魔王啊。」

多李斯・梵和芙莉兒・特維斯的時間線，此刻連在了一起。

這是何等的驚喜，能與從未來來的後輩這樣面對面。這真是不可思議的經過，就在剛才，他和她，這兩位魔王共用了彼此的記憶。源源不斷湧入腦海裡的畫面，是她的過去，是他的未來，還有他們共同的現在。

「真是沒有想到，未來會這麼有趣。」初代魔王多李斯感嘆著。

「我也沒有想到，你會是初代的魔王。」第一百代魔王芙莉兒欲哭無淚，「時常被洗腦『妳以後要成為和初代一樣出色的魔王』……騙子、騙子、騙子！」

要她如何接受，一個被誇得上天入地的魔王，和眼前這個吊兒郎當比自己更沒有人生目標的魔王是同一人？

「我的確是出色的魔王，或許後世記載稍微美化了一點。」多李斯厚臉皮的說道。

「很顯然那已經不是美化，而是虛構了！」芙莉兒吼道，「我被騙了啊！還被奧格西要求寫過心得！！！」

「對了，妳家的奧格西和我家的里奧，某些方面還真的很相似呢。」多李斯的腦海裡浮現出了里奧那一百世的後人。

「那個叫家族遺傳吧？」芙莉兒偷偷瞥著里奧，輕聲對多李斯說。

「血緣關係真奇妙。」多李斯點頭認同。

兩位魔王在「特維斯」上又一次得到共鳴，兩個人露出了相似的笑容。

正在為兩位泡茶的里奧，聽到了兩人的對話，手抖了抖。

沒想到自己的後人一直被魔王「奴役」了一百世，更沒想到未來的魔王和現在的魔王性格上還真是半斤八兩。里奧沒來由的從心底泛起一種絕望感。

那一邊兩個魔王關係好得不行了，兩個人起了興致的聊著天。大多時間都是多李斯聽著芙莉兒談著屬於芙莉兒身為魔王所發生的事情，包括了她那位監護人、她的契約獸們、她的冒險，還有勇者……

當說到名為莉莉絲的假魔王時，就連里奧都坐了下來。芙莉兒講故事的能力不高，但多李斯和里奧兩人也能聽得津津有味。

「真是有趣的經歷。」多李斯聽完後大呼過癮，突然以期待的目光注視著里奧，「所以說，里奧你要不要也來『背叛』我一次？」

「現在回想一下其實也很有趣，尤其是揮起魔王之劍的那會兒，真有種『我就是魔王』的自豪感。」芙莉兒回憶道。

「啊，我也想試試。」多李斯點頭說道。

你們倆只是想要玩是吧！？

里奧覺得自己的頭很痛，以往只有一個多李斯給他找麻煩，現在又增加了一個。

他那未來的後代辛苦了！！！

「既然是未來的魔王陛下，那麼不用回去嗎？」里奧想起了這重要的一件事。

「回去幹什麼？留在這裡不好嗎？」多李斯蹭著芙莉兒說道。「在這裡陪我玩，不需要做功課，做妳想做的事情，里奧也不會逼妳學習喲～」

在多李斯懷裡吃著小甜餅的芙莉兒，突然抬頭看著里奧。與多李斯相似，卻比他更為清澈的湖藍眼眸讓里奧有些不自在。

果然非常的相似呢，這兩位魔王陛下。

「如果我留下來，那麼還要去征服世界嗎？」芙莉兒問著里奧，也問著多李斯。

「我可不會像妳的奧格西那樣強迫妳做妳不喜歡的事情。」多李斯信誓旦旦的保證。

「如果不征服世界的話，未來是不是就會改變？」芙莉兒皺眉問。

改變？

「奧格西說任何一個微小的變化，或許會影響到未來，這叫做『蝴蝶效應』。如果某一代魔王放棄了征服世界的意念，那麼他的未來，甚至是魔族的未來都會被改變，他之後的魔王有可能不存在，或者變成了別人。那樣的話，我所知道的前九十九代歷史會有所改變，而我也有可能就不是魔王，奧格西也不會是奧格西……」

「雖然我不在意前九十九代魔王會如何，不過，如果現在改變了的話，我就不會在未來出現了，也可能和奧格西見不到？如果是這樣的未來，我不要！」芙莉兒說出了這樣的話。

或許是因為她說了很多不太像是她能說出來的話，芙莉兒不小心咬了自己的舌頭。

舌尖尖銳的刺痛讓她更加的清醒，捂著小嘴。她彆扭的自言自語了起來：「我呀，不知道自己為什麼會是魔王，也討厭好多的功課。可我一點都不討厭這樣的生活。從奧格西那裡得到了『名字』，還得到了『生日』，真的很滿足、很幸福。我一直不明白他對『魔王』有什麼執念，不過總覺得自己是魔王真是太好了。」

「他對妳並不好嘛，換一個不會強迫妳的公爵不是更好？」多李斯聽著有些不爽，咂著嘴說。

「那不一樣！」芙莉兒立刻跳起，對多李斯說道。「不是奧格西我才不要！」

「為什麼呢？」多李斯的話似乎觸動了芙莉兒的逆鱗，望著芙莉兒憤怒的表情讓他有些驚訝和不解。

「什麼為什麼？那當然是……」芙莉兒雙手叉腰就要說明，可話到嘴邊她又沒了聲響。沉默了很久後，她突然蹲地抱頭自問了起來：「唉，為什麼呢？」

為什麼？為什麼？為什麼呢？

芙莉兒也不知道為什麼，一切本都是那樣的理所當然，可這份理所當然又是為什麼？

「我也不知道……」芙莉兒沮喪的說道。

「那就是說妳選擇了他？」多李斯忍住捂臉的衝動，說出了自己的理解。

「原來是這樣呀！沒錯，是我選擇了他……」芙莉兒恍然大悟狀，可下一秒她又不確定的看著多李斯問：「不過，真的不是他選擇了我？選我這樣的廢柴當魔王，這不科學嘛……」

你的後代到底對我家後代做了什麼？

多李斯眼神飄給了里奧，換來里奧尷尬的假咳嗽。

「我明白了，這就是命運！」芙莉兒又一次醒悟了，「這就像王子會愛上公主，勇者要去拯救公主一樣，這就是命運！所以我和奧格西也是命運！」

這話怎麼聽起來有點怪怪的？

♛

未來的魔王留在這個時代的時間非常短暫，一眨眼的工夫，前一秒還留在自己懷裡打瞌睡的孩子就慢慢的消失了，沒留下一點痕跡。

多李斯又無精打采的躺回沙發裡，既沒有如同往日一樣找里奧的麻煩，也沒有偷懶喊著無聊。而里奧也只是靜靜的待在一旁，沒有說話。

初代魔王和第一百代魔王的相遇或許只是命運不經意的玩笑，可兩個人之間的確會因此而改變很多東西。

改變的會是過去亦是未來。

未來的魔王離開了，但是留給了他們太多需要思考的問題，過去、現在、未來。

雖然不知道未來的魔王是怎麼來到這個時代，知道了未來的多李斯，心態有所改變也是理所當然。

「里奧，我們去征服世界吧？」許久後，多李斯望著天花板對里奧說道。

「陛下，您確定？」里奧一愣，平靜的問他。

按照未來魔王留給他們的「歷史」，初代的魔王挑起了戰爭，最後被所謂的神和勇者打敗。已經知道了「未來」的他們若是要征服世界，那麼就不會重複本應該的「錯誤」。

「聽起來很有趣吧？我會被人類打敗，作為僅次於神存在的我……」

「陛下，請您放心，我是絕不會讓那樣的『未來』發生的。」里奧保證。

「這樣的話，那孩子的『未來』也會改變吧？我的未來，你的未來，她的未來，還有你那位後代的未來。我們的未來都會改變。你覺得……用我們新的未來去剝奪他們的未來，值得嗎？」

多李斯坐起身，看著里奧。

他是魔王，他可以肆意妄為的改變很多人的命運，可他卻無法改變跟前這小小魔王的命運。

不是不能，而是……

「對我來說，那位雖然是未來的魔王，卻不是我效忠的魔王。對我來說，她也不過是個陌生人而已。我不會為了一個陌生人而讓陛下您陷入危機。若是您已下定決心要征服世界，那麼我定要去改變那一個的未來。」里奧走到多李斯跟前，單膝跪下宣誓。

兩個人從相識到如今，里奧說過些什麼話自己未必都記著。但有些情誼是無法忘記的。

「那麼我們來征服世界吧？」多李斯與里奧平視著，用著與平日一樣輕浮的語調，「雖然知道了未來，不過改變未來也太無趣了點，改變了未來，那孩子就太可憐了。」

長久以來都覺得日復一日的日子很無趣，在芙莉兒說起征服世界之前，他從未想過原來還有這麼有趣的事可以做。

芙莉兒所說的冒險在他聽來新奇又有趣，自己也想和那孩子一樣去經歷更多有趣的事情。經歷那些卻不想改變大家的未來。

那孩子不是說了嗎——「蝴蝶效應」。

很明顯的，那隻蝴蝶不是他，而是未來的魔王。

這麼一想，多李斯就有一種說不出的興奮。那不是為了改變未來的興奮，而是名為「愚弄」後代的興奮。

很有趣呢，就這樣騙過所謂的神，騙過所有的人。這樣的成就感要比所謂的得到世界更有趣。

未來的某一天或許能再見到那孩子，下一次要在那孩子來這裡之前先見到她才有趣。

多李斯他想見見那個被芙莉兒稱作為「命運之人」的奧格西・特維斯，他想知道這個人對芙莉兒有什麼特殊之處。

「去征服世界吧，然後在未來，見到你和我的後代們。下次見面，要送一份最適合的禮物給她。」

「陛下，請不要在地上睡覺！」

芙莉兒是被搖醒的，被她的監護人。

睜開還犯睏的眼睛，奧格西的身影有些模糊。那一張臉有些許陌生還有別樣的熟悉。

「里奧？」芙莉兒疑惑的說出了另一個名字。

「陛下，您清醒點！」

又趁他不注意的時候看一點營養也沒有的羅曼史小說了是吧？

「是奧格西呀。」芙莉兒打著呵欠說道。「我還以為是里奧呢，不過你們真的很像。嗯……果然是血緣關係。」

「陛下，如果您還沒清醒，可以先去抄書。」芙莉兒說了奇怪的話，而這些話讓他很不舒服。

「……」芙莉兒一聽到要抄書，立刻清醒了。人一醒，多出了很多清晰的記憶，「奧格西，你聽說過多李斯・梵和里奧・特維斯嗎？」

這兩個名字她記得很清楚，她的腦海裡還能清晰浮現兩人的樣貌。她和多李斯不是第一次見面，第一次時，她還不知道他的名字，他在那一個神秘的空間裡把兔子玩偶型的魔王之劍給了她，對她說那是只屬於自己的禮物。

多李斯是初代魔王，是她最初的祖先。和歷史記錄的那個引起恐怖戰役的初代魔王形象一點都不符合，卻和自己有一點相似。

里奧也是魔族的公爵，是奧格西的祖先。他們的相處方式倒是和自己與奧格西有一點相似。多李斯說那是遺傳，沒有想到隔了那麼久，會在別人的身上看到了自己的影子，真是有趣。而自己與初代的經歷是真實的還是一場夢？

「真驚訝會從陛下口中聽到這兩個名字。」奧格西幫芙莉兒整理了睡亂的呆毛，語氣中帶著少許驚訝，「前者是魔族的第一任魔王陛下，後者則是我的第一位祖先。我之前也說過，我的家族從很早起就侍奉魔王陛下。看上去是我的失誤，回頭我會把初代魔王所有相關文獻都給您送過來。很難得您會有了興趣，那麼再寫一份關於初代魔王的報告給我吧。」

「你別渾水摸魚了，這分明是兩回事！」芙莉兒嘟著嘴憤恨的說道。

……

……

…………

「我說呀，如果初代的魔王和你初代的祖先非常像我們，你覺得如何？」芙莉兒沉默了片刻，認真問道。

「聽起來很糟糕。」奧格西思考了一下後，認真答道。

果然，很難以相信吧。

「我以前見過初代喲~是他把魔王之劍交給了我。」芙莉兒揮手讓奧格西坐下，隨後乾脆俐落的往他懷裡一靠，享受這大型人型靠墊，「那個時候我還不知道他就是初代魔王，不過他和書上記載的一點都不一樣。我大概做了個夢，夢見我回到了過去，見到了初代魔王還有你的初代祖先。」

「然後呢？」奧格西沒像以往取笑芙莉兒說胡話，這次倒是平靜的聽她說下去。

「他要我留在他那個時代，老實說當時心動了一下。不過你說過，如果有一個時代被改變了，那麼就可能影響到之後的時代，那樣我就見不到你了吧？我還真無法想像不是魔王的我會是什麼樣子……唔，那個一定是夢！」芙莉兒說著說著打了個冷顫，剛才還覺得自己做的是美夢，

127

現在卻覺得差一點就變成了噩夢。

沉浸在自己世界裡的芙莉兒忽略了現實，忘記了奧格西直到現在都沒有像以前那樣利索的嘲諷她。

這是一個深埋在奧格西內心深處的秘密。那時他的父親還沒有過世，那時他的父親作為特維斯的大公，等待著第一百代魔王的降臨。

當時的魔族已經持續幾百年沒有魔王的降臨，魔族的內部看上去也不如以前那麼鞏固。當時的奧格西和很多人一樣並不期待所謂的魔王出現，他感覺自己父親的思想太過於保守迂腐而不滿過。

「能讓我宣誓效忠的人應該由我來決定！就算是魔王，如果不能讓我心悅誠服，那樣的魔王我不會承認！」

那個時候的他如此自負過。

魔王依舊沒有降臨，人心渙散的程度卻日劇增加，這個時候他的父親做出了冒險的決定，使用秘術請求魔王「提前」降臨。

魔王並不屬於這個世界，誰也不知道他從何而來，怎樣而來。所謂的秘術也不一定能使魔王降臨，只有這個世界「需要」魔王時，魔王才會降臨。

父親不顧勸阻，帶著他進入了不被人知道的秘境。這是只有特維斯家的當家才能進入的秘境，也是魔王降臨的地點。

在這個什麼都沒有的秘境裡，奧格西對魔王降臨保持懷疑，或許這和他想像中魔王降臨的場景不太一樣。

空寂的秘境，什麼都沒有，就像是個被世界遺忘的死地一般。

奧格西跟在父親身後，可是漸漸的，走在他前面的父親不見了。在這個對他來說相當陌生的秘境裡，不知道出口、不知道入口，他彷彿走進了一個新的秘境。

有別於一開始那死地一般的沉重，這裡陽光明媚、鳥語花香，美麗的讓奧格西也被吸引了。

接下來，他在百鳥的啼鳴中聽到了不一樣的聲音。

很輕很輕的聲音，沒有節奏感，孩子般充滿稚氣的「啦啦」聲。這個聲音牽引著奧格西，他不知不覺的跟著聲音而走。

走了一會兒，他似乎走到了世界的中心，一棵看不到枝梢盡頭，彷彿與天空連接著的巨大樹木。聲音就是從樹的中心傳出來的。

奧格西靠近了樹，下意識的去撫摸樹幹，手下突然感受到跳動的脈搏，讓他趕緊縮回了手。

這棵樹是活的！？

奧格西抬起頭來，望著一直延伸到肉眼也看不到的樹梢，這讓他覺得自己是如此的渺小和不安。耳邊那歌聲斷斷續續，卻撫平了他心底的恐懼。

「竟然會有人能走到這裡？」

突然一道陌生的聲音傳入耳中，奧格西猛地一回身，就見一個黑髮男子站在他身後不遠處。

完全沒感覺到對方的氣息！

奧格西神經一緊，警惕的看著對方。

「這裡可從來沒有人來過，已經過了多少年呢？一千年？五千年？一萬年？或者更久？」黑髮男子問道。

奧格西沒有回答他的問題，依舊保持著警惕。

「真是一個無趣的傢伙。報上你的名字來，讓我看看是不是『她』一直等待的那個人。」

她？

奧格西並不想說出自己的名字，可他的嘴巴卻無視他的意志說出了名字。

「奧格西・特維斯。」自己的名字這一次說出來卻像不是自己的一樣。

聽到他名字後，男人的眉心舒展開來，對他露出了燦爛的笑容。

「果然是你。」男子說道。

他認識自己嗎？不，看上去並非認識自己，而是知道自己的名字。他的名字又代表了什麼？

「你還真是讓她等得夠久了，不過我也希望你再晚一點出現。」

男人說著很矛盾的話，可奧格西算是明白了他的意思。

她在等我？

她是誰？為什麼要等我？

「這種事別問我。來吧，去迎接她吧。」黑髮男子似乎會讀心術，他努了努嘴對奧格西說。

迎接？

奧格西的手下意識的貼著樹幹，他又感受到了脈搏。

飛小說·R ALWAYS 99元書系
紅色檔案殺人事件
福爾摩斯貴公子
01
愛紗無邊 Lala
腹黑少爺
她！即將賣身還債！！？？
負債女僕
極盡使喚
打工還債
起點A級作品！！
六十萬讀者推薦
最曖昧的戀愛偵探推理劇場！
3/14全國便利商店
華麗登場！！！
★更多詳細內容請搜尋★
不思議工作室
立即搜尋
典藏閣
采舍國際
www.silkbook.com
版權所有© Copyright 2012

這一次他沒有收手，他不知道男子所說的她是誰，可這個時候他想知道一切事實。

手掌心傳來的脈搏讓奧格西分不清那是自己的還是樹心裡的，沒一會兒，他貼著的樹幹出現了一個黑洞，他的手下一空，緊接而來的是碰觸到極為柔軟的東西。

黑洞由小變大，似乎能看到樹心裡隱藏著什麼。而他的手承受的重量也漸漸增加，直到樹心內部的物體因重心不穩而向他倒來，他也看清了自己所接觸的到底是什麼。

是一個女孩，是一個嬌小、約莫十來歲的小女孩。

奧格西迎上前接住了倒向自己的小女孩，沒有衣物、赤裸的女孩讓他不知所措的趕緊脫下自己的外套給她披住。

這時他看著女孩安詳的睡顏，那是一張極為陌生的臉，從未出現在他的記憶中。

她是誰？為什麼要等我？

「她就是魔王。」男子回答了他沒有說出口的問題。

奧格西一震，不敢相信懷裡的女孩會是魔王！在他的認知裡，任何一位魔王都是強大的，而他懷裡的這個女孩看上去與強大沒有半點關係。

你這是在開什麼玩笑！？

奧格西怒視對方。

「我說她是她就是。不要小看魔王哦～」男子強硬的說道。「這孩子是否如你希望的強大，不如用你自己的眼睛去看。奧格西・特維斯，你與她的邂逅是從很早以前就注定的。這孩子選擇了你，你也選擇了她。」

既然要說就說明白一點吧！

「這孩子可是魔王，是你所期待的魔王。用你自己的眼睛來見證第一百代的魔王的榮光。」

黑髮男子瞥了一眼女孩，認真說道。

那你又是誰？

「我？雖然魔王之間是沒有血緣關係，不過你也可以說我是她的『父親』。」黑髮男子說得有些得意，可接下來他又皺起了眉頭，「女孩子因為是魔王太過強大有些吃虧啊！沒有哪個父親會希望親愛的女兒成為肌肉發達的武鬥派……唔，決定了！」

黑髮男子自說自話一番後，突然彈了一下奧格西的額頭。

來不及吃痛，灌入全身的強大魔力讓奧格西承受不住的倒在了地上。

「既然你被她選擇了，那麼就為她承擔一部分魔王的力量吧。成為她的守護者，好好的保護她，讓她成為『世界第一的魔王陛下』，你可是她的『命運之人』啊。」

♛

回想起那個時候那名黑髮男子說的話、做的事，奧格西很長一段時間都無法理解。他只明白了被男子託付的女孩，也就是他懷裡的芙莉兒，被稱作能成為「世界第一的魔王陛下」的第一百代魔王。

這麼久以來，芙莉兒有多麼的廢柴，作為監護人的他比誰都清楚。

有時候他會想，是不是那個男人在耍著他玩？有時候又覺得芙莉兒並不是真的沒有可取之處，她只是還沒有成長。

什麼叫做等待著他？

什麼叫做選擇了他？

黑髮男子沒有說，而他也沒能在芙莉兒身上得到答案。

或許他做得還不夠？只有等到芙莉兒成為「世界第一的魔王」時，他所有的疑惑就會被解開。

他的陛下還需要多久才能長大呢？

「陛下，您的學習進度有些落後，我們需要重新調整一下。」奧格西突然這樣說道。

「唉？！為什麼突然說這些！？」

「您必須再努力一點，現在這樣完全不行呢。」

「夠了，再努力的話我真的會死掉，會因為課業負擔壓力而死掉喲！」

現在的您還不夠，請再快一點，請再加把勁。

請快一點成為「世界第一的魔王陛下」，然後告訴我……所謂的「命運之人」是什麼？

那一天快一點到來吧，請別讓我等得太著急了。

——END

Load吧！
魔王！
Lv.
100

很久很久以前，在一個遙遠的大陸上，有一位極為恐怖的大魔王存在。

大魔王率領著強大的魔族，對大陸的人們進行著慘無人道的殺戮和統治，弱小的人們向神明祈禱，祈禱神明解救他們脫離大魔王帶來的苦難。

直到有一天，人們的祈禱終於感動了神明，神明從人族中挑選了一個勇者，給予了他神聖的力量和神聖的武器。這個勇者帶著所有人的期望向大魔王挑戰。

最終他戰勝了魔王和整個魔族，整個大陸又重新迎來了和平。

可是，大魔王在消失前對勇者、對這個大陸如此詛咒著：「總有一天我會回來，會把災難和絕望再次帶給你們！」

大魔王的詛咒讓剛得到解脫的人們又驚慌了起來，而勇者這樣安撫他們道：「當魔王再度出現時，會有和我一樣的勇者出現。只要魔王還存在，勇者就不會消失。」

long long ago……

身為一人之下萬人之上的魔族大公爵的奧格西．特維斯現在非常的憂鬱。

「這是什麼？」好友魔族的安瑟伯爵指著桌子上的一團毛茸茸的生物問道。

「是魔王陛下。」奧格西平靜的回答，只是他的聲音裡似乎透露著名為絕望的語氣。

「唉？風太大沒聽清楚，麻煩你再說一遍。」正要用手去戳那一團毛茸茸生物的安瑟，聽到奧格西這麼一說，手一頓，僵硬的停留在半空。

「是我族第一百任的魔王陛下。」奧格西不擔心自己的好友是不是老年癡呆症提前發作，好心的向他又介紹了一遍。

只到他膝蓋的三頭身兔耳生物，明顯「獸人」或「玩偶」這樣的設定更能讓人接受。可要說那是「魔王」……莫非今天其實是愚人節，所以一向嚴謹認真一絲不苟的友人也開始和他開玩笑了嗎？

「是魔王陛下。」奧格西見安瑟自我逃避狀，又一次殘忍的提醒了他現實是如此殘酷，他們魔族期待已久能帶領他們征服世界的魔王陛下，就是眼前三頭身兔耳生物。

「哈哈哈，這一點都不好笑，尤其是從你口裡說出！這毛茸茸的可愛生物怎麼可能是魔王陛下？所謂的魔王，你就算沒看過史記，好歹也看過皇宮裡掛著一整個走廊的魔王陛下肖像呀！你看哪位魔王陛下是這樣的？！你老實說這是從獸人族那裡拐來的小蘿莉，大大方方承認你其實是個蘿莉控，我才不會因為小小的癖好而歧視自己最好的朋友。」安瑟牽強的扯開嘴皮乾笑著，友人一臉的嚴肅讓他想放鬆心態都難。

這一次，奧格西連話都不說，直接眼神死給他看。

「……別用那眼神看著我，我需要時間接受這個設定，求你再給我一點時間啊！」奧格西沒有說謊，奧格西也不會說謊，安瑟放棄了掙扎，努力適應這個現實。

這到底是哪個環節出了錯？！

奧格西作為魔族大公爵、歷屆魔王最信賴的左右手，理所當然的去迎接了他們魔族期盼已久的魔王陛下。身為魔王，出場即便不是英姿颯爽也該是驚天地泣鬼神……好吧，這麼小小的一隻站出去，某種意義上驚天地泣鬼神的效果也達到了。

奧格西見友人一臉「一定是我今天打開的方式不對！」表情，他的心情何嘗和他不一樣呢？

「試問，汝就是召喚魔王的人嗎？」

在魔法陣中出現散發著強大氣息的黑髮男人對他說出這麼一句時，奧格西立刻被折服。他知道自己一族世代侍奉的魔王陛下正是這一位，威嚴而強大。

「陛下，臣奧格西・特維斯，正是歷代侍奉魔王陛下的特維斯家族這一代的繼承人。臣以及整個魔族等待您降臨的這一天已經很久了。」單膝跪下，奧格西對被自己召喚而來的第一百任魔王恭敬的說道。

「你認錯了。」

唉？魔王陛下回覆他的不是「你辛苦了」而是「你認錯了」，這是怎麼回事？！

「這位才是這一任的魔王。」黑髮男子從懷裡掏出一隻毛茸茸的生物對他說道。

唉？！

「糟糕，大概是暈車了呢。」

毛茸茸生物睡眼惺忪，懶洋洋的朝他瞥了一眼後又閉上眼睛。

分明有比暈車更糟糕的事需要你的解釋！

「這是……」奧格西聲音明顯有了顫音，但這絕對不是見到真正魔王後的感動。

「雖然是這麼小的一隻，不過這一屆的魔王就是她了。要怪就怪上一代的勇者吧，對魔王下了陰險的詛咒所致。」黑髮男子把名為魔王的毛茸茸生物塞進奧格西僵硬的手裡，頗為無奈的說。

「沒、沒有辦法解開詛咒嗎？」奧格西結巴了。

「哪能這麼簡單解開？那可是勇者下的詛咒！」黑髮男子嚴肅說道。

下詛咒的勇者，那還是勇者嗎？！話說回來，魔王不是強大無敵的存在嗎？那麼為什麼能被勇者的詛咒給影響了？！莫非勇者才是比魔王更強大的存在是吧？雖然早知道自古勇者多開掛，可這掛開太大了，偷改紀錄了是吧！！！！

不對，一定是他召喚儀式的咒語唸錯了，打開了平行世界的門。

「只要接受了這個設定，你會發現其實沒什麼了不起的。好了，這一任的魔王就交給你了，這孩子還小，飲食方面要注意，她喜歡吃胡蘿蔔，不喜歡菠菜。一天五頓，一頓八分飽就可以了，吃太多會不利於消化……」

黑髮男子一反最初的威嚴形象，對奧格西嘮嘮叨叨了好一會兒，看上去像是無法繼續飼養寵物不得不忍痛轉送給別人的主人，「……我想想，就這些要注意的。那麼我走了，你要好好照顧這孩子。」

「請把她帶回去！」奧格西認真說道。

他要的是能帶領魔族征服世界的魔王，絕不是寵物！如果這就是魔王的話，他還不如自己去征服世界算了！

「啊哈哈哈～你說什麼？退了也不會補一個新的給你。時間到了，我先走了～魔族的未來都交給你們了。」黑髮男子爽朗的朝他揮著手消失在召喚魔王的魔法陣裡。

也只是一小會兒的時間，只剩下奧格西一人……好吧，還有他懷裡被硬塞的據說是「第一百任魔王陛下」的生物。

微風徐徐，吹進心頭的卻是能讓人徹底絕望的寒意。

「哈啾！」懷中的生物突然打了個噴嚏，將打顫的小小身體往奧格西身上貼。

……

…………

………………

好吧，好歹這是魔王，雖然是被勇者下了詛咒的魔王。既然是魔王，就算是隻兔子也一定有屬於魔王的一面，作為魔王的臣子，不該對主人懷有任何疑心。

輕嘆一聲，奧格西將保暖度良好的披風蓋在了打顫的生物身上。

得到溫暖的生物抬起頭來，湖藍色的大眼睛無邪的盯著他，或許是因為他還是個陌生人，她對他充滿了好奇。

「咳咳，我是您的臣子奧格西‧特維斯，魔王陛下。」雖然這個樣子自我介紹似乎有些失禮，奧格西還是先開了口。

毛茸茸生物與他對望了一會兒，小手緊緊抓著披風，張開了小嘴。

「陛下，這個不能吃！！！！」

魔族，看上去是沒有未來了！

就這樣，魔族第一百任魔王陛下順利降臨。可離能帶領魔族征服世界的日子，看上去則是遙遙無期。

「我的蘿蔔還沒有來嗎？」坐在餐桌上，一手執勺一手執叉的三頭身兔耳魔王晃動著細長的兔耳，對奧格西問道。

「陛下，這裡有急件……」

「公爵你要瞭解，我先是兔子，接下來才是魔王。你不能對一隻兔子要求太多，不然小動物保護協會會找你麻煩的。」兔耳魔王用勺柄敲著桌子，跺腳說道。

「臣明白了，那就請您在這裡簽個字吧。」奧格西退了一步，將手裡的急件放到兔耳魔王面前。

他還沒來得及拿出筆遞給兔耳魔王，兔耳魔王已經抬起黏著草莓醬的爪子對著急件「啪」的按下去，急件上立刻出現了一個粉紅還帶著果醬的新鮮爪印。

「陛下……」奧格西不知道自己要花費多大的自制力，才能克制自己不衝動掐死這隻兔耳魔王。

「簽名有可能被偽造，按爪印是最保險的。」兔耳魔王頗為驕傲的解釋道。

應該是交換一下吧，這個世界不缺兔子。要偽造兔子的爪印要比偽造魔王的簽名容易多了！

「陛下，您可是魔王，請注意優雅。」奧格西耐著性子提醒道。

「沒人會要求一隻兔子要優雅的，這就好比要哈士奇不犯傻一樣的困難！」兔耳魔王說完，長長的兔耳突然一晃，緊接著她跳下了餐桌，蹦蹦跳跳著到了門口，而她忠心的執事這時帶著新鮮的胡蘿蔔進來了。

奧格西看著坐在桌上，抱著胡蘿蔔啃得一臉滿足的兔耳魔王，已經不記得這是第幾次想把這隻魔王打包退貨了！

要飼養一隻兔子……不對，是教育一個魔王非常的困難。他所學的知識用在兔耳魔王身上還不如一本《兔子飼養手冊》來得有用。

如果說把一個蘿莉培養成萬人崇敬的魔王他還有點自信，可是要把一隻兔子培養成萬人崇敬的魔王……兔子除了會賣萌和當食物還能幹什麼？！

對魔王下詛咒的勇者啊，你的人品真是讓魔族都不敢苟同；對魔王下變成兔子詛咒的勇者啊，你的惡意和惡趣味突破天際了！

讓一隻兔子去征服世界，這是何等的VERY HARD模式？

啊啊～把希望寄託在魔王這種不靠譜的存在上面……一定是前九十九代特維斯家當家們都偷懶選擇了EASY模式，把祖上積累的幸運值都用完了！

最可惡的就是每次都讓他氣得牙癢癢，產生弒主的衝動時，兔耳魔王總是兔耳一垂，斜著腦袋用比現在更大更水汪汪的，好似能裝下整個天空的眼眸天真無邪的盯著自己看。

就算自己有再大的怨恨也頓時煙消雲散，只留下不能對別人訴說的挫折感。

要對這隻小動物下手……顯然就算是他也不忍心。

光會賣萌有什麼用？！靠賣萌就能征服世界嗎？！靠賣萌就能打倒勇者嗎？！

♛

作為魔族第一百任魔王，她先是一隻兔子，然後才是魔王！讓一隻兔子去征服世界，這能讓人感受到世界的惡意和前代勇者值得懷疑的惡趣味。

兔耳魔王每日要做的就是吃了睡、睡了吃，偶爾聽聽公爵的嘮叨當催眠曲改善睡眠品質……一隻兔子的一天就該是這樣簡單。

她之所以是兔子，都是因為第九十九代勇者的詛咒，每次看著鏡子裡的自己，兔耳魔王都在想：勇者是變態呢？還是變態呢？還是變態呢？

先不說勇者是不是變態，兔耳魔王的悠哉兔生似乎受到了嚴重威脅。

她不小心偷聽到了公爵的談話，那句「我是不是做錯了？與其寄望一隻兔子征服世界，不如自己做來得更方便。」深深刺傷了一隻兔子脆弱的心靈。

本來就不應該期待呀！可如果不期待的話，她這個魔王那不就和普通的寵物兔子沒了區別，整天吃吃睡睡無憂無慮！？這樣的兔生不就少了很多的樂趣！？就算她沒法像前九十九任魔王那樣成為魔族的支柱，可好歹也能成為吉祥物提高一下士氣的，靠賣萌來治癒一下魔族疲憊的心靈！

如果連吉祥物都不讓她做，這讓她這個魔王的自尊放哪兒！？

兔耳魔王把自己關在了房間裡，當天很認真的思考起自己的兔生態度，在那張KING SIZE的豪華大床上滾來滾去，連她最愛的下午茶都錯過了。

「賽巴斯欽！」兔耳魔王滾累了，叫喚起了自己的執事。

「陛下。」神出鬼沒的執事嗖的一聲不知道從哪裡冒了出來，恭敬的站在了她的床頭，「陛下，今天的下午茶是胡蘿蔔汁和胡蘿蔔蛋糕。」

「都是我最喜歡的東西！」兔耳魔王聽聞後，快快樂樂的從床上蹦到執事的懷裡，由他帶著自己去享受她遲到的下午茶。

「不對，我不是要喝下午茶的！」心滿意足的吃下了兩塊蛋糕，嘴裡那口蛋糕還沒吞下，兔耳魔王突然想起自己叫喚執事的本意不在下午茶。

「賽巴斯欽，征服世界應該做什麼呢？」捧著蛋糕一臉嚴肅的邊吃邊問。

「引發戰爭、佔領人類的領土、打倒勇者等等。」執事微笑的提出了魔王的主要三大工作。

「無論是引發戰爭或是佔領領土，聽起來都需要大量的時間和人力……如果只是打倒勇者的話，好像比較起來更容易點。」兔耳魔王晃動著耳朵認真分析著。

前九十九任魔王都是栽在勇者身上，或許對前九十九任魔王來說，打倒勇者要比引發戰爭和佔領人類領土更加困難。

當然，這個「事實」賽巴斯欽是不會提醒兔耳魔王的，作為魔王的執事，隨便打擊主人是不對的。

「我決定了，讓我去打倒勇者，解除詛咒！」兔耳魔王緊握爪子熱血了起來。

「陛下，您這是決心向世界開戰了？」賽巴斯欽不恥下問。

如果公爵人在這裡，聽到兔耳魔王的話估計能被感動。

「征服世界這種事讓公爵去做就可以，至於打倒勇者、解除詛咒……這事關乎我的尊嚴和立場。再說了，正如打倒魔王是勇者的職責，那麼打倒勇者也就是魔王我的職責了！」兔耳魔王一腳踩著蘋果，一手指著遙遠無際的天空，豪言壯語道。

似乎很有道理呢，可是又有哪裡不太對勁啊。

就這樣，沒經過深思熟慮的思考和策劃，兔耳魔王留下了一張滿是爪印的留書後，帶著忠心的執事踏上了打倒勇者的偉大航道。

顫抖吧，勇者！魔王即將打倒你！

♛

打倒勇者的第一步。

「以前的最佳戰鬥陣型是四人，現在也很流行三人陣型呢。就算收集滿一百零八個同伴，但是一次帶出去的也就只有五個。所以選同伴重要的不在數量而在等級！」不知道從哪裡得到的情報，兔耳魔王坐在執事的肩膀上這樣說道。

他們的首站來到了傳說中只有惡龍生存的死亡之地，據說這裡有著與魔王實力相當的強大惡龍，前九十九任魔王常會到這裡拉惡龍入夥。

有了先人提供的攻略，兔耳魔王自然第一站來這裡。

「陛下，惡龍的實力向來很強，我們這麼貿然到來是不是太衝動了？」賽巴斯欽認真的問。

兔耳魔王的長耳朵「啪」的打上賽巴斯欽說話的嘴，示意他收聲。

從賽巴斯欽肩上跳到地面的兔耳魔王雙手叉腰抬頭挺胸，如果忽略她其實只是三頭身的話，其實看上去還是很有氣魄的。

「無論是多強大的生物都會有弱點，沒有弱點就創造弱點，而我們只要抓住弱點就行。就算是惡龍也一樣，自古惡龍對金光閃閃的財寶和漂亮的人類公主最有愛。以本魔王的名義和惡龍簽下互助協定，等公爵征服了世界，人類的財寶我願意和牠一九對分，當然是我九牠一了。不過我對母的沒有興趣，所以人類的公主都可以讓給牠。」

「真是了不起的計畫，陛下。」執事微笑鼓掌。

這是先人留下的攻略中一個重要情報，兔耳魔王相信靠這一點她可以少走很多歪路。

只要得到這樣一個強大夥伴，那麼就可以讓牠單挑勇者去！雖然歷代的勇者都是組團刷魔王，但這一次就讓她找落單的勇者下手！

哼哼哼~只要打倒了勇者……

兔耳魔王似乎能看到自己被公爵抱在懷裡摸頭表揚：「陛下，您真是最出色偉大的魔王。您是魔族的光榮，也是我的驕傲。」

「快！讓我們找到惡龍去打倒勇者吧！」當幻想成為動力，兔耳魔王迫不及待的晃動起兔耳來。

現實總是和希望有所偏差，正當兔耳魔王邁出勝利的第一步，什麼東西迎面撲來輕鬆把她推倒，接下來她彷彿淹沒在浩瀚無際的熱水中。

住手，兔子很怕水的！

「陛下，請站好，否則我不能擦乾您的兔耳了。」賽巴斯欽微笑著對整隻縮在他懷裡顫抖的兔耳魔王說道。

剛才還真是驚心動魄的一幕呢，突然竄出來一頭龍撲倒了兔耳魔王，接著就是一頓口水洗禮。炸毛的兔耳魔王一動都不敢動，在暈倒前一秒被賽巴斯欽抱起才算逃過一劫。

到了賽巴斯欽懷裡的兔耳魔王就一直保持著這樣子發著抖。任憑賽巴斯欽如何安撫，兔耳魔王都無法釋懷，很明顯心理受到了不小的創傷。

「這是虐待、虐待、虐待！不知道兔子的膽子很小嗎？！」垂著耳朵的兔耳魔王捶打著賽巴斯欽的胸口哽咽的說道。

「我想……牠大概是想表示友好。」兔耳蘿莉捶胸拳軟綿綿的一點都不痛，賽巴斯欽任由兔耳魔王捶打自己。估計這世上沒有幾人能享受到如此美妙的酷刑。

一開始他以為是不長眼的餓狼，可沒想到會是一頭晃著尾巴的惡龍。那張嘴要把三頭身的兔耳魔王一口吞下是輕而易舉，可牠只是用著舌頭像狗一樣的給兔耳魔王舔毛，看上去不像是餓了而是在示好。

「友好？！」兔耳魔王震驚了，兩隻兔耳豎的筆直：「舔毛代表了友好嗎？！」

腦海裡浮現公爵舔自己耳朵的畫面，那一幕一般人看來絕對是充滿了曖昧的情愫，不過對兔耳魔王來說，那一幕大概是母兔給小兔子舔毛的溫馨了。

「這、這樣的話，公爵會高興嗎？」兔耳魔王粉紅的舌頭舔了舔賽巴斯欽的臉頰，小心翼翼又認真的問。

……

…………

…………

「絕對會的！」賽巴斯欽衝動的把兔耳魔王一把摟在懷裡，幸福的用臉頰摩擦著她的兔耳。哦哦哦~可惡，他現在既幸福又羨慕嫉妒恨！他家的魔王真的是既可愛又好拐。

有些受不了自家執事突然的熱情，兔耳魔王待在賽巴斯欽的懷裡，偷瞄著一直看著自己的惡龍。明明就是個龐然大物，卻用小狗一樣期待的眼神望著自己，兔耳魔王覺得自己沒有像剛才那麼害怕了。

看上去比自己更無害的生物竟然是惡龍，就算她是魔王也不太相信。這樣的惡龍真能打倒勇者嗎？

「惡龍呀，和本魔王合作打倒勇者，我可以把人類的十分之一財寶和漂亮的公主送給你。」

兔耳魔王從執事懷裡跳下來，小心翼翼靠近惡龍，向惡龍拋出了橄欖枝。

惡龍只是不停的晃著尾巴望著她，長長的尾巴一左一右不停搖擺，兩邊的地面很快的被拍出了兩條縫。

……

……………

……………………

「怎麼辦？！我們把牠帶回家養吧！」那對水汪汪的翡翠色龍眼真是讓兔子看了也不忍心。

「陛下，城堡裡沒那麼大的地方。」賽巴斯欽正色堅持說道。

這頭看似無害的惡龍，總覺得養了也是浪費食物呀。

「拴在城堡外面不行嗎？！如果以後有人類組團來城堡刷魔王，好歹牠可以做主線關卡抵擋一下呀！」兔耳魔王走回來，抓著賽巴斯欽的褲管，抬頭六十五度憂傷明媚。

這樣賣萌，讓人想說不也困難啊！

「陛下，您是魔王，您說什麼就是什麼。」執事立刻倒戈。

就這樣，兔耳魔王打倒勇者的第一步算是成功完成了。至於那些小小偏差並不太重要。

聽好了，你的名字叫「翡翠」，現在讓我們一起去打倒勇者！

打倒勇者的第二步。

♛

「勇者每隔一段時間就會得到新武器，等到刷魔王的時候通常會得到『勇者之劍』這種高數值的特殊神器。這樣的神器一般都是在隱藏迷宮或者做特殊任務才能得到。」兔耳魔王遙望遠方，慢慢說道。

微風吹起，她的兔耳也隨風擺動著。

坐在清澈的湖邊休息吃胡蘿蔔實在是件愜意的事，就像所有要打倒魔王的勇者們都需要休息、存檔、吃飯、睡覺的時間那樣。

兔耳魔王最愛的下午茶是一切胡蘿蔔口味的點心，雖然如今耳邊少了一些公爵的嘮叨，但偶爾這麼清閒一下也是好事。

瞇著眼叼著胡蘿蔔造型的胡蘿蔔餐包，柔和的陽光照在身上非常舒服。

兔子吃吃睡睡的本性甦醒，兔耳魔王咬著餐包忍不住打起了瞌睡，終於頭一垂倒地要和清新的大自然面對面接觸了。習以為常的賽巴斯欽迅速抓住兔耳魔王的後衣領以免她滾走。可兔耳魔王嘴裡那半截餐包就不用理會了，任餐包一路自由滾落進湖潭。

這點小事本來沒人會在意，可現實總是朝著不尋常的方向發展。平靜的湖面因餐包的掉入而泛起波紋，這波紋一陣陣神奇的組成了魔法陣。

隨之而來的是魔法陣裡出現了人。

如果公爵人在此，一定會立刻認出這個站在水面上的人，正是當初把兔耳魔王託付給他的神秘人。

「我們既不要金餐包也不要銀餐包，更不要原來那個啃了一半的餐包，掉在地上的食物不能隨便撿起來吃，就像不能吃陌生人給的棒棒糖一樣。」被賽巴斯欽抱在懷裡的兔耳魔王打著呵欠先說話了。

「這樣呀……」黑髮男子見兔耳魔王堵住了他本該的出場臺詞頗有些為難，不過沒幾秒他帶著燦爛的笑容說話了：「看在妳是個誠實的魔王分上，就把『魔王之劍』賜予妳。」

「『魔王之劍』是什麼？！原來還有這樣的隱藏任務嗎？！」兔耳魔王一驚，瞌睡都跑掉了，豎著耳朵問道。

「無論是打倒勇者還是征服世界，妳要繼續加油喲。」黑髮男子把閃亮亮的魔王之劍放到兔耳魔王懷裡，順手摸摸她的兔耳便消失了。

雖然開啟了隱藏任務還順利得到了了不起的神器，可握著魔王之劍的兔耳魔王總覺得有哪裡不太對勁。

粉嫩色的長柄，戴著翅膀的胡蘿蔔造型的魔王之劍……怎麼看都不太對勁。

「好像連麵包都切不了。」揮舞著新入手的武器，兔耳魔王皺眉說道。

那是當然，妳有見過用魔法少女杖切麵包的嗎？！

「陛下，這可是『魔王之劍』，和普通的武器用法是不一樣的。」一旁一直沒有插話，默默觀看著劇情發展的執事突然面帶著總有些不太對的笑容開口了。

「唉？是這樣的嗎？嗯……說得也是呢，怎麼說也是能打倒勇者的最強武器。」

雖然不太明白發生了什麼事，不過這第二步似乎也順利的完成了。

勇者喲，就讓本魔王代替邪惡消☆滅☆你！

打倒勇者的第三步。

♛

「勇者通常是結伴而行，落單的勇者要比組團的勇者好解決！」

前九十九任的魔王幾乎都是宅在家裡坐等勇者上門，很少有主動出擊。

作為第一百任魔王，累積前九十九任失敗經驗總結出先下手為強，要趕在勇者組團來刷魔王副本前，自己先組團去刷勇者副本。

可是人海茫茫，勇者不會在自己身上貼著「勇者」兩個字到處走！

況且，在找到落單的勇者前，兔耳魔王自己先落單了！

或許是一般兔子是用四條腿走路，而兔耳魔王是用兩條腿走路；也有可能只是單純的地心引力問題，總之就是她走著走著憑空跌倒，順著山坡一路滾下，如果不是在緊要關頭被什麼抓住，她現在就是「前」一百任魔王了。

「天上掉下來隻兔子呢。」救下她的人這麼說道。

棕色短髮的英俊男子，身穿著輕便的劍裝（注二），爽朗的笑容讓人看上去格外親切。

「愚民！快放下本魔王。」不知道為何，兔耳魔王的兩耳之間像是電波接收天線一樣跳出一撮呆毛。呆毛警告著這個救命恩人非常危險。

「唉？風有點大，我聽錯了吧？」救命恩人的笑容這下子有點牽強了。

「愚蠢的人類，快放下本魔王！」兔耳魔王晃著手腳在救命恩人手上掙扎著，「不允許你俯視或者平視本魔王！」

救命恩人手一抬高，這下變成了兔耳魔王俯視他了。

「這樣可以了嗎？」救命恩人笑著問。

他的體貼不會讓兔耳魔王感動，確切來說，一般人的反應都是立刻把她放下才對。

「雖然不知道你是哪裡來的小兔子，不過不要說謊喲～若妳是魔王的話，那還真湊巧了。其實我是勇者。」救命恩人笑容依舊的說。

「你騙人！」兔耳魔王眼皮跳著。

「我可沒騙人，我的祖先是打倒過魔王的勇者，而我也是被家族寄予希望的勇者。」

勇者啊！

兔耳魔王的耳朵啪啪狠抽了自稱勇者的人兩耳光，從勇者手裡脫離落在地面。

「疼，連我父親大人都沒打過我。」被偷襲到的勇者吃疼的說。

真想被你父親打就老老實實的對你父親說呀！

「邪惡的勇者呀，就讓本魔王來打倒你，解除咒語！」抽出胡蘿蔔魔杖，兔耳魔王豎起了長耳尖聲說道。

「小兔子，勇者才不邪惡。」勇者覺得自己很委屈，什麼都沒做就躺著中了槍。

「閉嘴，勇者是這個世界上最邪惡的存在。他們會以召集同伴為由，誘拐雌性建立後宮NTR(注二)同伴，還會在無辜村民家翻箱倒櫃公然搶劫……最可惡的是，勇者都是兔耳蘿莉控呀！」兔耳魔王一一道出了勇者的罪行。

面對兔耳魔王的各項指控，勇者很是震驚。

片刻沉默後，他突然蹲下身，開始細細打量著兔耳魔王。

「前幾項指控我無法贊同，不過最後一項我暫且保留。」勇者輕嘆一聲後，緩緩開口道。

勇者這個反應反而讓兔耳魔王不知道該怎麼對應了。

唉?勇者的臺詞不應該是「一切都為了正義」嗎?說什麼無法贊同前幾項，後一項指控暫且保留。是間接承認勇者是兔耳蘿莉控嗎?!

勇者這麼坦率真心讓兔耳魔王覺得更可怕。

正如心裡所想，突然勇者一抬手以迅雷之速一把抱起了魔王。

「解救人類是勇者的職責，如果無法打倒魔王的話，那還是把她帶回家的好。」勇者好心情的說道。

等等!這是什麼意思?!她這是被綁架了嗎?!

「放下本魔王，邪惡的勇者!」兔耳魔王手舞足蹈連兔耳都用上了掙扎著想逃脫，可她這三頭身實在不頂用!

公爵救命!勇者真的好可怕!!!!

兔耳魔王的呼救沒機會傳遞到遠在魔族的公爵耳朵裡，此時的他正對著兔耳魔王的留書皺著眉。

一紙密密麻麻的爪印，他能看懂才叫活見鬼了！

就這樣，第一百任魔王被勇者綁架了！

♛

豢養魔王的第一步：向別人介紹，這是自己的所有物。

暖洋洋的太陽最適合曬被子和曬肚子。作為勇者的契約獸，威武的黃金獅子獸——亞克，癱在勇者家的草坪上，眯著眼尾巴一搖一晃，看上去格外清閒。

世界看上去如此和平，這多虧有前九十九代勇者的努力。不過誰能保證消失在歷史中的魔族會不會有捲土重來的一日?作為未來勇者的夥伴，牠有權在魔族尚未出現前，賴在勇者家白吃白喝白住。

「我回來了~」年輕的勇者一臉傷痕和瘀青的抱著什麼東西，一臉滿足的向牠打招呼。

「今晚吃野味？」亞克瞇著眼看到在勇者懷裡掙扎的一對兔耳，雖然好像比牠印象中的兔子大了那麼一點。不過大一點就代表分量足一點，誰不樂意多吃點呢？再看勇者一臉傷痕累累，可見這野味還是有幾把刷子的。運動量充足的野味，嚼起來也夠味！

「不，這不是食物。」勇者獻寶一樣的向自己的契約獸介紹，「是隻小兔子哦。」

…………

亞克猛地睜開眼，看清了被勇者抱在懷裡的生物。外表看上去像是半獸人的小孩，但是這個體型未免也太迷你了點。

「哪裡拐來的，送回哪裡。我不希望被人恥笑有個蘿莉控契約者。」亞克一爪子捂眼不忍心的嘆息道。

「你不覺得很可愛嗎？」勇者不理睬亞克的勸阻，抱著小兔子轉圈圈。

「再可愛你也不能犯罪啊，我認為你這個年紀喜歡的應該是『這個』型的。」亞克雙爪在空氣裡畫出個人類女性黃金「S」三圍。

「這一個可不一樣，小兔子自稱是『魔王』。」

勇者說得頗有點驕傲，在他懷裡掙扎的小兔子頭上某根呆毛突然比耳朵豎得還直，下一秒那對兔耳左右開弓「啪啪啪」的抽打起了勇者。

這下可以明白勇者臉上的傷痕從何而來，不過亞克真心不理解牠家勇者為何能被抽得如此「舒服」，這可不是被小貓抹臉的勁道。

沒見過被魔王抽成這樣還一臉歡心的勇者，搞不好牠找錯了契約者……等等，這隻是魔王？！

亞克猛地起身細細打量著這隻小兔子魔王，就算表情看上去有點猙獰，可怎麼也無法把這麼可愛迷你的生物和傳說中萬惡醜陋的魔王聯繫在一起吧？唉，不對，重點不在這裡，而是勇者從哪裡抓了隻魔王回來？！

「我說……你從哪裡撿來的？」亞克對兔耳魔王保持懷疑。

「走著走著，天上掉下來的。」被那對看上去非常有力的兔耳持續攻擊著，就算是勇者也吃不消了。一個吃痛，手裡的兔耳魔王脫手蹦了出去。

自由落體的兔耳魔王蹦到了亞克的獅頭上，雙爪緊緊抓著亞克的鬃毛，炸毛樣的對著勇者張牙舞爪。

要承認這樣的生物是魔王，這需要很大的勇氣。

「她很討厭你。」亞克非常肯定的對勇者說道。「快把她還回去，我可不想被人恥笑自己的契約者既是蘿莉控還是誘拐犯。就算她真是魔王，你還是體諒一下魔族吧，這樣的小傢伙要長成傳說中的大魔王，起碼還要再過好幾年。」

「防止魔王破壞世界和平是勇者的職責不是嗎？！」很顯然不願意聽勸的勇者開始用一臉正氣的模樣對亞克說話了。

「就算你用這麼認真的口吻說著如此正確的話，可我還是找不出半點共鳴。誘拐未成年這一點就算對方是魔王，你也是在犯罪。身為勇者，不該堂堂正正的和魔王在戰場上決一勝負嗎？！」

「沒錯、沒錯、沒錯！你真是個卑鄙的勇者！」兔耳魔王附和道。

魔王啊，能被勇者誘拐妳也該自我反省一下。

「小傢伙，告訴我妳家在哪裡？我送妳回家。」亞克對坐在自己頭上的兔耳魔王問道。

牠的契約者拐了人家，似乎還不想還回去，這個時候靠得住的也就牠一個了。

……

兔耳魔王的耳朵連呆毛一起沮喪的垂了下來，開始認真思考起這個嚴重的問題。

「喂喂喂，妳連自己家都不知道？！」亞克黑線了。

「本魔王才是受害者！本魔王不過是不小心跌倒從山頭掉了下去，然後就被這可惡的勇者綁架了！本魔王有努力掙扎反抗過，但是……」說著說著，兔耳魔王就心酸了起來。雙手捂著眼睛哽咽了起來。

勇者你絕對是個人渣，不過魔王妳這麼呆，魔族真的還有未來嗎？

「把妳放回撿到妳的地方行嗎？」亞克頗為頭疼的問。

總不能把她裝在竹籃裡，隨後往樹底下一放當棄貓處理吧？

「不行，先把我的詛咒解除了！」兔耳魔王立刻跳起來。

詛咒？

「你到底有多變態，竟然真對一個小孩子下毒手？！」亞克瞪大眼睛，恨不得一口咬死自己的契約者。

「我什麼都沒做，她說自己被第九十九代勇者詛咒了。」勇者聳聳肩，無辜的辯解。

「第九十九代勇者也是變態嗎？！」

「都說了我還什麼都沒做，別把我算進去。」勇者無奈的皺了皺，眉思考了一會兒，「這麼說來，我家似乎有第九十九代勇者留下來的封印，告誡我們絕不可以打開。」

一定就是這個了，解除自己詛咒的封印！

「快把那東西交出來！」兔耳魔王蹦跳了起來。

那麼重要的東西怎麼可能隨便拿出來？兔耳魔王的要求理所當然的不被同意。

得不到封印，自己依舊還是隻兔子，她的未來可想而知。勇者的封印勢在必得！

兔耳魔王雙手環胸，以小小的身高仰頭藐視著勇者說道：「本魔王不走了，在你沒有把東西交出來前！」

「唉？快阻止她！」亞克趕緊對勇者說道。

「絕對沒有問題哦～」勇者走上前，和藹可親的答應了兔耳魔王。

應該說這樣才如他的本意。

亞克四十五度仰頭看向這個猶如太陽之子般俊美的契約者，此時湧上心頭的悲憤又能向誰訴說？

來一個能阻止勇者犯罪的人呀！

豢養魔王的第二步：適當帶著她去散步。

因為這樣那樣的原因，兔耳魔王現在順利進入了勇者的家，為自己的魔王之路走出了一條嶄新的支線。

西茲．海德是勇者前先是一名貴族，而且還是皇室的直系血親。自然，這樣的勇者所居住的地方雖然不比兔耳魔王的皇宮豪華和龐大，好歹也是標準的大貴族之家配置！

就這樣堂堂正正進入勇者之家，兔耳魔王當然不是被關小黑屋或者蹲地牢，也不用擔心她一人身在敵營沒有了執事的隨身服侍就會過得不好。

「太難吃了，胡蘿蔔果汁沒有加蜂蜜！」

「這個胡蘿蔔蛋糕還要再蒸十五秒才能吃！」

「本魔王的床當然要兔絨的！」

……………

這樣的事情天天都在勇者家上演著。

要知道兔子是很嬌貴的，兔耳魔王則是兔子中的兔子，嬌貴中的嬌貴。

在魔族她可是被好生伺候著，吃的喝的用的哪個不是最好的？每天還能躺公爵的大腿睡午覺。想把她當普通兔子伺候，那是絕對不可能的！

「我現在相信她是魔王了。魔族真夠陰險的，擺明著有目的性的吃光、用光、搶光！」亞克一開始還擔心兔耳魔王被變態勇者盯上，不過現在牠更相信勇者才是那個被盯上的！兔耳魔王每天都會有各種苛刻的要求，真是能讓人痛苦的嗷嗷叫。

可勇者似乎對這筆增加出來的支出並沒有太多的驚訝和不滿。

「既然要養她，想給她最好的那是理所當然吧。」勇者微笑的說道。

誰來打醒這一臉蠢樣的寵奴？！人家擺明著沒當自己是你養的寵物呀！

絲毫不放棄對兔耳魔王下手的勇者，日復一日的想著怎麼和「寵物」親近。

「我家不養吃白飯的。既然妳吃了、用了、住了我的，那麼就用妳的身體來償還吧。」當兔耳魔王吃著僕人們為她特別烹製的美味胡蘿蔔套餐時，勇者對她投下一枚堪比末世浩劫的禁咒。

「還說你不是蘿莉控的變態！」兔耳魔王一耳朵把他拍飛出去，氣急敗壞的在桌上跺著腳。

「妳誤會了，我是說工作、工作！」從殘物中爬起來的勇者一臉認真的說。

工作？

兔耳魔王嚼著胡蘿蔔派，陷入沉思。

她可是魔王，需要工作嗎？

「所謂的工作是在文件上敲爪印嗎？」兔耳魔王問。公爵常要她簽署各式的文件，如果勇者需要她敲爪印的話，她可以點頭。

「不是。」勇者有些驚訝兔耳魔王會這樣問他。

「唔……」兔耳魔王想了想，隨後繼續問：「我的工作是征服世界吧？你是要我去征服世界？那是我的本職。雖然我常聽公爵說勇者是維護世界和平的宿敵，不過我想就算是勇者也會有想打擊報復的人類。你是要我幫你幹掉那些人嗎？」

「那些人要自己動手才更有樂趣。」勇者思索了一番後，委婉謝絕了兔耳魔王的提議，「比起那些體力活，我覺得有更適合妳的工作。」

「比如？」兔耳魔王晃了晃耳朵好奇的問。

「比如說陪我散步。」勇者笑盈盈的拿出了一個鑲著寶石的項圈。

兔耳魔王的兔耳晃了兩下，她從勇者手裡接過項圈研究一番後，拆了下來。隨後閃著天真無邪的眼睛對勇者說：「這個要怎麼戴？」

勇者一臉高興的過來講解，兔耳魔王一聽就懂，沒花什麼時間。

「抱抱！」兔耳魔王對勇者張開了手。

勇者理所當然的抱起她，要知道只要自己一靠近兔耳魔王零點五公尺範圍就會被她的耳朵拍飛出去，這一次可是兔耳魔王主動。不會把握機會的那就是笨蛋！

坐在自己肩頭的兔耳魔王突然擺弄起了項圈，很利索的往勇者脖子套了上去。不消一會兒，兔耳魔王面對自己的傑作很是滿意。

不錯，就缺一根牽引繩了！

「牽引繩在哪裡？給本魔王拿來。」兔耳魔王對著進來的女僕吩咐道。

自家的小主人脖子上拴了項圈，女僕可沒膽子聽兔耳魔王的吩咐再去弄根牽引繩過來。

「這不是給我戴的。」勇者的本意絕不是把這個用在自己身上。

「閉嘴！」兔耳魔王一耳朵上去打到他閉嘴，「愚民，你認為本魔王會戴這麼蠢的東西嗎？！

你想讓本魔王跟你出去遛圈，那麼這東西戴你脖子上也一樣可以出去遛圈。本魔王知道自己現在是寄人籬下，這點小事還是能答應的。快把牽引繩拿給本魔王！一天溜一次夠不夠？本魔王可以下午茶後帶你溜一圈好做飯後散步。」

♛

豢養魔王的最後一步：讓她忘記自己的過去。

勇者的母親不過在皇宮小住幾日，一回家就聽說自己的寶貝兒子帶回來一個陌生女性，對方極其傲慢無禮，經常侮辱（毆打）自己的兒子。這讓她非常的氣憤。

自己都捨不得打的孩子被個無禮的女性一天三頓飯似的毆打，任何一個母親都不會容忍的。

又聽說自己的兒子對那女性極其愛護，這個年紀的孩子嚮往愛情並沒有錯，可身為母親的她絕不容許自己的兒子和這麼一個粗魯的女性交往！

就是這樣，勇者被支開了，勇者的母親回家要找欺騙自己兒子的女性好好談一下，最好能把她趕走。

戰意滿滿的母親已經做好了女人之間的開戰！

……………

誰來跟她解釋一下：站在桌子上，正在抱著茶杯喝茶的兔耳生物是什麼？！

在女僕的前提摘要下，母親清楚了眼前這個迷你的生物正是她要找的那個傲慢、粗魯的壞女人。

她的兒子被迷得暈頭轉向……

她的兒子被打得遍體鱗傷……

她的寶貝兒子喜歡上一隻人不人、兔子不兔子的迷你生物。這不科學！！！！！

她的兒子是多麼的出色，是眾多少女心目中的白馬王子。她這個做母親的自認很開明，只要是兒子喜歡的女性，可以不計較身分、不計較外貌……而這麼多年來，也沒聽說兒子對哪位小姐有好感，她只當兒子眼光高或是還沒覺醒兒女私情，這些她都不著急也不在意。可是跟前這一隻算什麼？！

難不成長久以來是她一直弄錯了，她的兒子其實是蘿莉控嗎？！

一瞬間，這位優雅的太太覺得自己的人生觀扭曲了。她需要一點時間來消化這個不太對勁的現實。

她坐了下來，女僕為她倒了一杯上好的薄荷紅茶。她優雅的喝著紅茶，坐在桌上的兔耳生物優雅的抱著胡蘿蔔餅乾啃。兩個女……姑且就稱之為兩位女性吧，各自做著自己的事，誰都沒有出聲。

女人之間的戰爭不像男人那麼直接，有時候沉默不過是暴風雨前夕的寧靜，先發的未必制人。

無聲的餐桌上只有啃餅乾的聲音。

「再來一杯胡蘿蔔汁～」先開口的是兔耳魔王，她的杯子裡胡蘿蔔汁已經見底。

「咳咳！」第一句話就是這個嗎？！

「胡蘿蔔含維生素C，多吃有益健康。」兔耳魔王聽到對面的夫人咳嗽了，向她推薦了自己最愛的胡蘿蔔。

「……我是西茲的母親。」夫人已經不想再等下去了。

「誰呀？」嚼著餅乾的兔耳魔王歪著腦袋問道。

…………

這個生物其實聽不懂人話是吧？！

夫人耐著性子向兔耳魔王介紹自己，這讓兔耳魔王終於明白勇者和西茲．海德是同一個人。

「您是西茲的朋友嗎？」夫人問道。

「原則上我們是敵人。」兔耳魔王認真說道。

「雖然不知道您和他是怎樣的敵人，不過我聽到很多不好的傳聞。比如說：您侮辱了我的孩子。」

「夫人，我想您被誤導了。」兔耳魔王立刻搖頭否認，

夫人鬆了口氣，想想也是，這麼一個小過頭的生物怎麼會對自己的孩子……

「我的能力只對勇者有『傷害加成』，這個是天生的主動技。」兔耳魔王垂下了長耳說得很苦惱。想她堂堂一名魔王，在魔族沒拿過比茶杯重的東西，可現在的她一耳朵能把勇者拍出十公尺，她估計當這主動技技能練到MAX時，把勇者拍到世界的盡頭應該不成問題。

當然了，都說這技能是只對勇者有效，而且還是傷害成倍加成，對其他人半點都發動不起

來，就算是勇者的契約獸也一樣。兔耳魔王為此很苦惱，想用這僅有的一招「必殺技」打遍天下無敵手的野望破滅了。

夫人聽聞後皺了皺眉，雖然繞了一點圈子，不過兔耳魔王也算是承認毆打她兒子的傳聞是事實。要她承認自己繼承強大勇者之血血統的兒子被這麼迷你的一隻兔子毆打，她還是無法想像。

夫人的腦海裡已經浮現出「蘿莉捶胸拳」的畫面，畫面看上去很和諧還透露著幾分可愛。不對！這不就又近一步承認她兒子是蘿莉控嗎？！

「作為這個家的女主人，我很高興有您這樣可愛的小客人來我家作客。不過您還這麼小，離開家人太長時間可不太好。我派人送您回家如何？」經過什麼的她已經不想去研究了，所以還是以結果為中心吧。

一個晴天霹靂打落下來，兔耳魔王手裡的胡蘿蔔點心「啪」一聲掉落在桌面上。

對哦，我不是為了奪回解除自己詛咒的封印才住下來嗎？！

如果不是夫人的提醒，兔耳魔王早就忘記了自己的使命。這些日子來被好吃好喝的伺候著，她都忘記了自己是在勇者家而不是魔族！

哦哦哦，這一切都是勇者的錯啊！

兔耳魔王在桌子上嗷嗷叫著打滾了起來。

「呼呼～勇者真是卑鄙無恥，用胡蘿蔔引誘我讓我疏忽大意，我差一點就中招了！」兔耳魔王爬了起來，擦擦冷汗一臉認真的自言自語道。

很明顯這個理由不過是個藉口，用來掩蓋她其實真忘記了詛咒這回事。

回想起自己的使命，胡蘿蔔也不那麼可口了。

此時她對那個看上去愚蠢的勇者不得不刮目相看，勇者果然是陰險狡猾的，自己不知不覺就差點中了他的套。

「呼呼～同樣的招數對魔王是起不了第二次作用！勇者你就放馬過來吧！」兔耳魔王的雙眸裡燃起了鬥志，她背對著夫人，遙指著一望無際的碧空向看不見的勇者下了戰書。

很顯然不知道兒子和兔耳魔王真實關係的夫人，目睹了兔耳魔王一連串單人戲一樣的表演後，除了莫名其妙外，還多了一點……是她的兒子誘拐了這生物嗎？這已經不是單純的蘿莉控，而是犯罪了吧！

打倒勇者的第四步。

「打入敵人內部，從內部開始瓦解勇者的勢力。挖牆腳這種事就算是勇者也吃不消！」

這是某一天在花圃裡打瞌睡的兔耳魔王無意之間聽見勇者的父親與部下經過時的談話，這句話的原意是：打入政敵內部，從內部開始瓦解他們的勢力。

這一句話猶如神諭，讓當時昏昏欲睡的兔耳魔王一下子清醒、覺悟了。

沒錯！這就是她出現在勇者之家的原因。她打入了敵人內部，只要成功挖了勇者的牆腳，就能不費吹灰之力取得最終勝利。

不過挖牆腳顯然過於緩慢，兔耳魔王決定直接撬了地基，這個家地位最高的不是勇者，而是勇者的父親。想要拿到封印不一定要從勇者入手。

她選擇了勇者不在的一天，找勇者的父親談判了。

「先生，你的兒子已經無藥可救了。趁你還年輕再生幾個吧。」兔耳魔王勸誘著。

「唉？！」在戰場上所向匹敵的第一戰將也無法跟上兔耳魔王的節奏呢。

「本魔王秉承『互助互利』為原則，只要你把前代勇者留下的封印交給本魔王，本魔王可以保證，征服世界後確保你家平安和榮華富貴。」兔耳魔王站在書桌上，氣勢十足。

「前代勇者的封印？這是在向我家提親？」勇者的父親聽得一片茫然，不太確定的問：「我家很開明，不過提親這種事不如再過幾年？」

作為勇者的父親，他也有很多的苦惱。比如說自己一表人材的兒子不知道從哪裡誘拐了這麼隻生物（他都覺得自己的兒子是在犯罪）；比如說每次都能看到他兒子一臉蕩漾的被眼前這隻生物一次次打飛出去（勇者的無畏精神似乎被扭曲了）；比如說這隻生物總是自稱「魔王」（魔族有這麼一隻魔王，看上去有點讓人同情）。

做父母的他們好不容易接受了自己的兒子離犯罪道路只有十公分的危險距離，但這不代表他們立馬就同意讓兒子步入婚姻的殿堂了！

「我只要勇者的封印不要勇者！還是說這是捆綁式銷售，缺一不可？」兔耳魔王跺著腳生氣的問。

不要以為她真的是兔子了，兔子急了還會咬人的！

「看上去只有對你來硬的了！」兔耳魔王臉一沉，掏出了許久不用的胡蘿蔔魔杖，「雖然通常都會綁架公主來威脅勇者，不過本魔王才不會犯那麼低級的錯誤！本魔王就拿你來脅迫勇者交出勇者的封印！」

兔耳魔王的武力值大約只有五，彈一下她的額頭就能讓她向後翻滾幾圈。不過這次她可是有備而來，絕不會被任何突發事件打倒！

首先她翻開了書桌上的一本羊皮書，翻開其中的一頁，其次拿起魔杖對著書上的文字，一字一字的唸了出來。

「世界盡頭的光明，請聚集在我腳下。開通無限通道迎接……糟糕，看錯頁數了！」兔耳魔王也就嚴肅了一個開頭，咒語唸了幾句就察覺到自己犯下了致命的錯誤。

她踩著的是本名為《光明之歌》的勇者小說，她唸錯的自然也就是勇者使用的召喚術。可是她所唸的那些話明顯起了反應，胡蘿蔔魔杖泛起了粉紅色的光芒，想要強制關閉都找不到開關。

勇者的父親感覺到從魔杖上傳來的巨大魔力。窗外的雲層也開始起了變化，他家的上空逐漸被烏雲籠罩，似乎正是眼前這隻兔耳魔王在操縱著這讓人不安的異象。

「顫抖吧，愚民！」雖然自己唸錯了，可這會兒看上去依舊有效。有些得意洋洋的看著勇者父親一臉震驚，兔耳魔王高舉起魔杖大喊道。

雲層被強烈的光束一分為二，有什麼正在刨開這層層烏雲即將降臨於世。這一刻，時間都緩慢了下來，彷彿下一秒讓人害怕的末日就會隨之降臨。

終究沒有人能阻止這一刻的到來，強烈的光芒刺痛了人們的眼，他們在強烈的光芒下隱約看到了巨大生物的降臨。

「黃金巨龍……」勇者的父親看清了光芒的正體，他不敢相信的倒吸一口涼氣，說出了這個只出現在傳說中的生物。

黃金巨龍，站在龍族頂端的王者。曾經與某一代的勇者齊心協力打倒了魔王，將世界從魔族的水深火熱中解救出來。

「試問，召喚吾的MASTER在哪裡？」黃金巨龍停在了勇者家的花圃，渾厚的聲音傳入了每一個人的耳朵裡。

面對被自己召喚出來的龐然大物，兔耳魔王的臉上看不出表情。她輕瞥了一眼後又將視線移到勇者的父親身上。這一眼讓勇者的父親終於明白這迷你生物大有來頭。

「這是什麼？」兔耳魔王一臉茫然的問道。

……這是妳召喚出來的好不好！

解救魔王只需要一步。

♛

魔王失蹤了！留下看不懂的一紙爪印後就失蹤了！！！

公爵為此壓力很大，因為他不確定魔王的失蹤是不是為了逃避征服世界。可無論什麼原因，魔族不能缺少魔王，必須找回那隻不像魔王的魔王！

在這個節骨眼上前方捷報：黃金巨龍突然在人類的國家出現。

絕對不能讓黃金巨龍在這個時候和人類、和勇者聯手，不然就算是他也沒有絲毫勝算。雖然不能貿然開戰，但公爵決定自己必須代替失蹤的魔王去震懾一下得意忘形的人類們。

　而他也在這裡見到了失蹤的魔王！他的魔王是被人類囚禁了嗎？！

　因為看錯頁數唸了勇者的臺詞，所以她把屬於勇者的專職拍檔黃金巨龍叫了出來。兔耳魔王召喚出了死對頭的黃金巨龍，這技術性的錯誤讓她第一次有捂臉的衝動。

　她本想捽魔杖悲憤「召喚黃金巨龍的方式太沒技術性了，隨便一召就來，幹什麼這麼敬業？！」，不過正所謂「黑貓白貓，能抓老鼠的就是好貓！」，所以不管召喚出來的是黃金巨龍還是暗黑魔龍，能幫她征服世界的就可以了！

　「本魔王命令你，替本魔王征服這個世界吧！」站在陽臺上，兔耳魔王痛快的甩了包袱。

　她本該要對方幫她找到勇者的封印，可難得有這麼拉風的出場，只找封印未免有些大材小用。所以兔耳魔王臨時更改了計畫。

　黃金巨龍瞪著兔耳魔王，無法相信她說的話。這一隻有著兔耳的生物自稱魔王，這隻魔王都沒牠的指甲大。魔族這是怎麼了？！最可笑的就是這魔王還直截了當的要牠棄明投暗……傳說中的魔王原來是如此不靠譜的生物嗎？從外表到言行舉止沒有半絲能和「傳說」劃上等號。

「汝真是魔王?吾可是代表正義的一族。」黃金巨龍很不解魔族對這隻兔耳魔王的教育是不是哪裡出了問題。

「沒關係，從現在開始，本魔王就是『正義』！」兔耳魔王挺直了小身板，這話說得有夠無恥。

「荒謬！」黃金巨龍說出了所有人的心聲。

「有點職業道德啊，召喚出你的人可是本魔王！」兔耳魔王跺著腳說道。

「雖然不知道為何妳能召喚吾，不過吾是不會屈服。」

「投訴、投訴、投訴！這是欺詐，這是欺騙，這是玩弄魔王純潔的心！」兔耳魔王痛斥著，她把自己的失誤全部推給了別人。

就在這個時候，又一道強大的魔力被人注意到。這一次，穿著月牙白華服的俊美男子猶如天神般從天而降。他不是神，濃郁的黑暗魔力使得平和的氣流都騷動起來。

魔王降臨了！

眾人心中只有這麼一個認知。

「等一下，你們是不是誤會了？！」

這下子任兔耳魔王在一旁刷存在感，都沒有人再相信她是魔王了。突然出現的男人才應該是被教科書記載的標準魔王。

而作為第一百任也是唯一一任不會拉仇恨值的兔耳魔王，顯然是從裡到外都輸掉了！

雖然公爵有說過依靠兔子來征服世界不靠譜還得靠他自己，就為了挽回自己名譽，兔耳魔王才鼓起勇氣走出了魔族。到頭來勇者沒打倒，世界沒征服，公爵不耐煩的出擊了！

這個時候她還是果斷的以「嗯，一切都在本魔王的預料中，一切都交給本魔王信賴的公爵負責」這樣的話來挽回還剩一點渣渣的自尊嗎？

……………

「算了，誰征服世界都一樣。沒人指望一隻兔子能征服世界。」兔耳魔王嘆了口氣，耷拉著長耳跳下圍欄，她一步三回頭，不捨的望著英勇的公爵。

到頭來她仍舊只是一隻兔子，壞人都當不了的普通兔子，她是如此的無奈和沮喪。

戰火沒有燒到屋內，所有的女眷都被集中在了一起，包括她這隻寄人籬下的魔王。

勇者的母親虔誠的跪在神像前為她的丈夫和兒子祈禱勝利。

「這是在幹什麼?」兔耳魔王抱著啃了一半的胡蘿蔔，扯扯從自己身邊經過的女僕問道。

「夫人在向神祈禱。」女僕小聲的說道。

「祈禱是什麼?」兔耳魔王進一步問。

「為老爺和少爺加油。」女僕蹲下身摸摸兔耳魔王的頭解釋著。

兔耳魔王疑惑的看向夫人，她無法理解就那樣跪在地上對著一個石像自言自語能有什麼作用?既然是加油，為什麼要躲在屋子裡加油?這樣真的有效嗎?

兔耳魔王斜著腦袋一臉迷茫，隨後她發現又有不少人跪在了夫人的身邊一同向神像祈禱。

好吧，入鄉隨俗她也祈禱一下?

裝模作樣的學人家跪了下來，閉上眼睛。

「神靈喲，請保佑老爺和少爺打倒魔王，拯救世界。」

這樣的臺詞很明顯有不太對勁的地方，兔耳魔王猛地一睜眼看向一旁輕聲重複這句話的女僕，她這才發覺到所有在祈禱的人都說著相似的話。

等等!她是魔王吧?你們這群人在她這個魔王面前向神靈祈禱打倒她，這是不是太過分了點?!雖然在外面被打的不是她而是公爵，可這關係到魔王的小小自尊你們懂不?!

氣憤的兔耳魔王恨不得用自己的耳朵拍碎捧著盒子的神像……喂，等一下！那個盒子是什麼？

「那是什麼？」兔耳魔王推推一旁禱告的女僕，指著神像小聲問道。

「那是傳說中前代勇者留下的聖物。」女僕解釋。

……

…………

………………

莫非那就是自己一直在尋找的勇者封印嗎？！

兔耳魔王瞬間激動了，她找到了勇者的封印，她可以破除在自己身上的詛咒了！解除詛咒的自己不再是一隻沒有存在感的兔子了，就能變成和公爵一樣強大的真正魔王了。

想到這裡，兔耳魔王為自己抹了一把心酸的眼淚。

兔耳魔王一躍跳上了神像，發現神像所捧著的盒子果然是可以拿下來的。她激動的彎身要打開盒子，可突然間又有了其他的想法。

雖然正義的英雄要變身都會掩人耳目而找個沒人的角落，等變完身就風風光光的打倒反派。

這樣看上去的確很帥氣，可似乎少了一點亮點。況且自己是魔王，太拘於傳統正義套路，也不對呀。

要從公爵身上搶回存在感的機會也只能靠現在了！

我的存在或許就是為了這一時刻。

這時，兔耳魔王大徹大悟了。她頂著勇者的封印迅速跳下神像，利索的甩開一屋子人的圍堵，堅定的朝著外面衝去。

給我等著，我馬上就搶回主角的存在感！

♛

解除封印的最關鍵一步：變身！

無論是黃金巨龍還是勇者，都是魔族的大敵。要消滅他們雖然不是輕而易舉，但卻是必須的。

公爵漠然的看著試圖突破他結界的黃金巨龍，心思卻一半放在了自家的魔王身上。

或許這不是最適合大戰的時機，不過他現在的首要任務是要把魔王安全帶回魔族。在這些螻蟻身上浪費太多時間只會對自己不利。

正當他等到了黃金巨龍的破綻，聚氣準備一擊必殺，這個時候他的兔耳魔王出現了！

因為太迷你，就算站在了暗黑魔龍的頭上也不太有存在感。高空的風對她來說有些大，好幾次都沒站穩，好似來一陣風她就能被吹飛了出去。當然，忠心的執事每一次都接住了翻滾出去的魔王。

她到底來這裡幹什麼？！

當公爵看到兔耳魔王第七次被吹風出去，他已經失去了對黃金巨龍放必殺技的耐心了，心想乾脆還是直接過去拎起魔王就回家吧。

「不能逃、不能逃、不能逃！」兔耳魔王又一次站穩了，在寒風凜冽中，她的兔耳都能被吹成骨折了。

就算面對如此不利的險境，兔耳魔王依舊一臉無畏懼，或者說她被這風吹得眼睛都睜不開。

站在暗黑魔龍頭頂英姿颯爽的出場看上去行不通了，她只能換一個夠高度的平地再來一次。

「只有在最後出場的才是勝利者！」她的聲音被風聲打斷了很多次，花了很長時間才勉強把這句話說了出來，「你們給我看好了，本魔王解除詛咒的真面目！」

她高呼著舉起了勇者的封印。

勇者的封印是什麼？大概就連這一代的勇者本人都未必知道。

據說是封印著世界上最可怕的東西，若是再結合這一代魔王身上的詛咒。這被封印的可怕東西也能推測出了大半。

魔王的真實姿態，魔王的真實魔力，魔王的一切……足以給這個光明的世界帶來永無止境的黑暗和恐怖！

誰都沒有料到這個封印終究還是被魔王得到了，而此時這個封印即將被打開，他們所有的人將見證黑暗的降臨。

封印被打開了！

兔耳魔王雄赳赳的打開了封印，可既沒有開天闢地的光芒也沒有從盒子裡飛出怪獸。天依舊很藍，是一個適合踏青、睡午覺、野餐的好天氣。

保持著高舉封印的姿態，兔耳魔王感覺自己的手舉得好痠。這時才偷偷扭頭對身旁的執事小聲問道：「怎麼樣，我有沒有變化？」

「陛下，您看上去和以前一樣。」

……

…………

………………

「賽巴斯欽你看上去和以前有一點點不一樣了。」兔耳魔王瞪著穿著黑色禮服的黑色兔子吼道。

她英俊的九頭身執事變成了兔子！！！！！！！

在兔耳魔王的瞪視下，賽巴斯欽兔子開始用後腿撓著他的腦袋。

「公爵，出事了！這是勇者的陷阱！！！」兔耳魔王幼小的心靈受到了強烈的打擊，果斷淚奔著向公爵求救。

可最不可思議的一幕就這樣發生了！一眼望去除了兔子還是兔子，兔耳魔王的視線裡全部都是兔子。

所謂勇者的封印是全員兔子化嗎？！

白色的兔子、黑色的兔子、花斑的兔子，直耳的兔子、垂耳的兔子……兔子們正以極快的進食速度消滅著草坪。

被這噩夢一般的現實震驚的兔耳魔王，不敢相信眼前的所有兔子都是由人變成的，更無法相信她的公爵也是這些兔子的一員。

對了，這麼多隻兔子，哪隻才是她的公爵呀！

這不是噩夢，這是末日！

♛

噩夢甦醒的方式：不挑食！

「奧格西呀啊～～～～～～～～～～～～～～！！！！」

公爵一如往常來為芙莉兒上早課，今天迎接他的不是賽巴斯欽的「陛下還未醒來」，而是魔王的迎面飛撲。

「陛下，真難得您能早起。」輕鬆接住撲向自己的芙莉兒，公爵下意識的先諷刺她一下。

「聽我說，昨晚做了個夢啊！！！」

「您竟然還有做夢的時間，再給您加份功課怎麼樣？」

「夢裡我被勇者詛咒成了兔子……」

「如果您真的是兔子，我估計會輕鬆很多。」

「然後你也變成了兔子，所有人都變成了兔子！」芙莉兒捂著臉哽咽。

……………

這麼看來，還真是一個可怕的噩夢。

公爵的嘴角不自然的抽搐了一下，低頭看著埋頭在自己腰上的芙莉兒，抬手安慰似的摸了摸她的頭。

他想：他應該知道噩夢的根源。

最近芙莉兒挑食的非常厲害，昨天晚餐又留下了胡蘿蔔，那個時候的他指責了她的挑食行為說出了：「身為魔王怎麼可以挑食？！」

「魔王就算挑食也還是魔王，我又不是兔子，胡蘿蔔什麼的最討厭了！」

「哼，您還不如一隻兔子來的聰明。」當時的他這樣諷刺了她。

雖然不明白芙莉兒做了什麼夢，不過似乎和昨晚的對話有很大的關係。

「陛下，為了不再做噩夢，吃胡蘿蔔吧。」低頭望著撲進自己懷裡求安慰的芙莉兒，倒還真和小兔子有幾分相像。公爵說道。

♛

很顯然這不會是ENDING。

芙莉兒的挑食不只限於胡蘿蔔，或許胡蘿蔔只是一個開端而已。接下來的日子裡，她開始做著和蔬菜相關的各種噩夢。

「公爵！！！」

正在處理翡翠和萊特又一次私鬥的公爵只感覺背後一沉，這已經習慣的重量讓他也懶得第一時間回身，板起臉教育芙莉兒「要優雅」。

又做新的噩夢了呀。

不用問大家也心知肚明，最近芙莉兒頻繁的撲向公爵哭訴的場景已經讓大家都習以為常了。

「今天午餐應該是芹菜吧？」安瑟望向緊跟在芙莉兒身後的賽巴斯欽問。

「芹菜是前天。」賽巴斯欽輕嘆一聲，頗為擔憂的看著吊在公爵背上的芙莉兒說道：「陛下最近光吃蔬菜，蛋白質攝取量有點不足。」

「是這樣嗎？以前是光吃肉不吃蔬菜，現在是只吃蔬菜……健康問題沒得到根本解決嘛。」

安瑟一愣，同和賽巴斯欽擔憂。

如果芙莉兒永遠都是瘦瘦小小的，這無論對個人還是魔族都不是件好事。

吃素的魔王，聽起來更沒什麼魄力。

「做噩夢未必是挑食問題，適當改善睡眠品質和環境也是重點。」不知道從哪個角落冒出來的西茲，以一身極為不適合的圍裙裝束大大方方的在安瑟對面的座位上坐了下來。

「哦~你有何見解?」依照西茲往日作風，這個時候他應該羨慕嫉妒恨的挑釁公爵。此時卻一臉平靜的離芙莉兒這麼遠真有點不可思議。

「我是陛下的騎士，她的睡眠也該由我來守護。今晚請務必讓我待在陛下身旁!」西茲一臉認真。

「不，由你守護今晚睡不好的就是我們了。」安瑟立刻擺手拒絕這個餿主意。

「最近我會給陛下準備安神方面的食譜。當然了，我也會給西茲你另外準備有助於睡眠的食譜，我相信那可以讓你永遠都醒不來。」賽巴斯欽笑容可掬的對西茲說著陰狠的挑釁。

安瑟懶得理會這二位又燃燒的殺意，無趣的把頭撇向另一邊望著無尾熊一般吊在公爵背上的芙莉兒。

真好，今天又是一個和平的一天。

♛

「我其實是被詛咒了吧？」芙莉兒緊皺眉頭一邊在紙上書寫著自己的功課，一邊對擺在一旁做裝飾的魔劍兔子問道。

「詛咒？普天之下誰能對魔王下詛咒？」魔劍兔子歪著頭好奇的問。

「當然是勇者啦！」芙莉兒立刻拍桌而起。

「西茲的話，他對您的挑食並不在意。」魔劍兔子難得為西茲說說話。

「誰說是他了？全天下的勇者千千萬，總找得出一個對本魔王懷有惡意的勇者吧！唔嗯～也有可能是前代勇者的詛咒，一定是我觸發了某個不知道的劇情使得詛咒生效。」芙莉兒表情凝重的分析道。

突然之間有點同情歷代和現代的勇者們了。

「陛下，不如做些別的事改善一下心情？」魔劍兔子圍著芙莉兒打轉。

「我的人生除了做功課還有什麼？」芙莉兒趴在桌子上，哀怨的對著一旁小山一般高的功課說道。

「來點甜食如何？酸酸甜甜的蘋果派，微帶苦味的提拉米蘇……再加一杯薄荷紅茶，悠悠哉哉的看羅曼史小說如何？」

「唔嗯……下午茶每天都準時，也沒有見效。」雖然內心因為甜品和羅曼史小說而動搖，可無論她白天多麼的放鬆，她的睡眠情況依舊沒有得到改變。

都說「魔王」這職業壓力很大，莫非是積年累月的壓力終於把柔弱的她壓垮了？除了殺人放火外，歷代魔王是怎麼解決壓力問題的？魔族有設立心理醫師嗎？

芙莉兒抓過魔劍兔子有一下沒一下的扯著它的耳朵，貌似她最近都是靠這樣給自己解壓。

「陛下，嘗試著自己做甜品如何？」玩偶的身體沒有絲毫疼痛感，可也架不住芙莉兒的蹂躪。魔劍兔子掙扎著從禮帽裡拿出精緻的粉紅色小瓶子遞上，「這是在下珍藏的魔法果醬，把這個夾在甜品裡會變得非常的好吃。」

「會比賽巴斯欽做得還好吃？」芙莉兒狐疑的接過瓶子問。

「陛下，您可以親手製作甜品，舉辦一個茶會改善一下心情。相信公爵先生一定會對您刮目相看的。」

芙莉兒想像了一下茶會的畫面：每個人都吃了自己做的甜品，尤其是公爵稱讚自己的畫面。

「陛下，沒想到您的手藝這麼好，這是我一生中吃過最好吃的甜品。真想……能吃上一輩子啊。」

……「來做甜品吧！」腦補出不可能發生的劇情，芙莉兒緊握起拳頭，身後燃燒著某種火焰認真說道。

雖然說親自動手做甜品，可依照芙莉兒前幾次動手的能力來看，賽巴斯欽可以拿他的執事生涯保證——他的陛下果然沒有半點天賦！

不過這一次芙莉兒要比前幾次更加的賣力，穿著女僕裝在廚房裡笨拙而又認真的做著甜品，這份努力讓賽巴斯欽感動。

芙莉兒的製作工序也就比泡碗杯麵繁瑣一點，前後準備工作自然有賽巴斯欽全程關注和必須的指導糾正。

看著一桌散發著美味氣息的各式蛋糕，芙莉兒抹了一把辛勤汗水，說不出的自豪。

「陛下，真是漂亮。」賽巴斯欽鼓掌祝賀。

「那是當然了，只要本魔王認真做，沒什麼是做不到的！」

被小小表揚一下就迅速驕傲起來。幸虧面對的是賽巴斯欽而不是公爵，否則芙莉兒絕對會為她的話而付出沉痛代價。

「賽巴斯欽去準備一下會場吧，本魔王要在庭院開茶會！」自信滿滿的望著身後一桌的成品，芙莉兒向賽巴斯欽下達了她的新命令。

魔王的心跳茶會馬上就要開始了！

♛

這是個適合舉行露天茶會的天氣，柔和的陽光灑落在碧綠的草坪上，繁多而被精心修剪過的花卉們點綴著這片以綠色為主的空間。珍珠白的大理石石柱上環繞著些許綻放著豔麗色彩花朵的花藤，與茶會主人髮髻的裝飾品遙相呼應，為還顯得年幼稚氣的主人增添了幾許與往日不同的優雅和成熟。

被邀請參加茶會的客人們略顯迷茫和疑惑，此時的主人與他們心中以往的印象略有不同。

「歡迎你們參加這次的茶會，請隨意，不必拘束。」

就在主人的笑容下，茶會開始了。

比以往更精緻的茶點，比以往更成熟的主人……這些加起來卻讓受邀者無法像以往一樣的放鬆心情。

「……這是摔壞了腦袋還是唸書唸傻了？」亞克瞪著自己眼前的草莓蛋糕不算是自言自語的問道。

「看看你們做了什麼？把陛下的天真純潔都扼殺了嗎？！」西茲拍桌而起，憤怒的對自己這桌的人低吼道。

「我就說對魔王實行義務教育那不符合邏輯，果然是壓力太大造成人格分裂了吧。」萊特也加入了抱怨。

「你們……才是最天真的。」面對同一桌翻臉的三人，安瑟一派優雅的輕啜了一口紅茶後開了群嘲。

「唔嗯，別一臉你都懂的模樣，看看那邊！」萊特指著離他們這桌有點距離的公爵道：「他的眉頭可是比以往多彎了零點五度，很明顯感覺不對的也包括了那一個！」

「我可以向你保證，吃下那塊黑森林蛋糕後，奧格西的眉頭還能再皺一點二度。」瞥了一眼笑容可掬的芙莉兒正捧著一塊黑森林蛋糕對著公爵說了些什麼，最後那塊蛋糕被放在了公爵的面前，芙莉兒雙手捧著臉一臉期待的注視著面無表情的公爵後，安瑟肯定的說道。

「我們談論的不是那張棺材臉，謝謝。」西茲煩躁的把話題拉回主線。

「噗！所以說你們不懂少・女・心～」安瑟搖著手指，一派神秘的說道：「當女孩子成長到一定年齡後，她就有了自己是女人的自覺。就像是羽翼快豐滿的雛鳥，即將離開父母的懷抱展開另一段只容得下兩個人的新人生。我們可愛的陛下也已經到了這個年紀了呀。」

「明白了，是到了『發情期』呀。」亞克恍然大悟，可下一秒他就被西茲和萊特默契的一拳打飛了出去。

「別把她和你這種野獸混為一談！」兩人異口同聲道。

「我更覺得『情竇初開』這詞語更適合。」安瑟注解。

「她一定是被騙了、被騙了、被騙了！」安瑟的話只是火上澆油，西茲的憤怒更提升一步，作為魔王腦殘粉的他，指不定下一秒就掀桌抽劍朝公爵劈上去。他怒紅著眼瞪視著公爵，「惡魔！戀童癖！蘿莉控！」

勇者啊，你有什麼資格說這些話呢？

「啊，今天的甜品做得不錯嘛，賽巴斯欽的手藝又進步了啊。」適當的滅火工作安瑟已經做得得心應手，他抬頭對換茶水的賽巴斯欽稱讚道。

「今天茶會的甜品是由陛下親手製作的。」賽巴斯欽笑盈盈的回覆著。

「真的？！」一桌人都震住了，驚訝的望著賽巴斯欽問。

「陛下最近時常做噩夢，這次舉辦正式的茶會也是為了改善一下心情吧。」賽巴斯欽在某一方面，要比任何人都瞭解芙莉兒。

…………

賽巴斯欽的話讓這熱鬧過頭的一桌立刻安靜下來吃甜品。

魔王陛下親手製作的甜品可是很珍貴的。

安瑟不像其他人對芙莉兒的甜品有執著，耳邊少了那些吵雜讓他舒服的瞇起了眼。望向芙莉兒那桌，公爵眉頭皺起了一點七度喝著茶，面前已經沒有了黑森林蛋糕的蹤影。而芙莉兒桌上另外一位食客翡翠，則是保持著一定的速度，全身心都投入甜品中。

此時，這寧靜、安詳的茶會讓他不禁的長吁一聲。

「偶爾享受一次和平的下午茶也不錯。」

茶會的效果正如魔劍兔子所說的那樣美好，雖然自己所期待的那句「陛下，我想吃一輩子您做的甜品」臺詞沒有出現，可公爵還是吃下了自己親手製作的蛋糕。這一次的甜品不同於上一次的生日蛋糕，無論是製作時的心情還是看著公爵收下的心情，那是完全兩種不同的心情。

下一次再來舉辦茶會吧，再一次製作甜品給公爵吃！

懷著這樣愉快的心情，芙莉兒當晚睡了一個好覺，一個沒有噩夢、久違的好夢。

「陛下，已經早晨了。」差不多的時候，賽巴斯欽一如既往的進入她的臥室叫她起床。

芙莉兒昏沉沉的半坐起，從賽巴斯欽手裡接過溫熱的毛巾胡亂的擦了把臉。還帶著睏意的她搖晃了幾下，撲倒自己的玩偶抱枕後又倒向了舒服的床上。

「陛下，這樣可不行喲。您會遲到的。」這一次賽巴斯欽的聲音從自己的身下傳來。

「不要～好不容易沒做噩夢。」芙莉兒的臉蹭著玩偶的頭嘀咕著。

咦，她的玩偶好像不太柔軟了，回頭要讓賽巴斯欽好好洗一下。

不知道是什麼毛茸茸有別於玩偶觸感的絨毛輕輕拂過她的臉頰，弄得芙莉兒臉癢癢的，她懶洋洋的起身，手背揉著自己痠澀的眼睛對賽巴斯欽說道：「被子要曬一下啦～」

「今天的天氣不錯，是個曬被子洗衣服的好日子。」賽巴斯欽回答道。

「唔嗯，我醒了！」睡意漸漸消失，芙莉兒終於睜開了她的眼睛，一手習慣性的伸向左側。

每天賽巴斯欽都會站在床邊同一個位置扶著她下床。

可今天，她的手一空，沒有扶到賽巴斯欽的手。

「陛下，今天稍微有點困難呢。」賽巴斯欽的聲音裡包含著濃烈的歉意。

芙莉兒不解的朝賽巴斯欽望去，這一眼望去，讓她整個人收不回眼神了。

賽巴斯欽黑色的頭髮上多了一對棕黃色的耳朵，賽巴斯欽的身後有一條蓬鬆的大尾巴，賽巴斯欽站在她的床上，賽巴斯欽和她的玩偶一樣大！

芙莉兒瞪視著煥然一新的賽巴斯欽久久沒有言語，整個空間裡寂靜無聲。不知道就這樣過了多久，芙莉兒突然側身倒了下來。

「陛下，您怎麼了？不舒服嗎？」賽巴斯欽緊張的問。

「……我一定是在噩夢中。」芙莉兒閉上眼睛，把整個人都縮進了被子裡。

「這是什麼?!」

這樣一聲哀嚎，示意著一場可怕的災難正在發生。

迷你的萊特捂著頭頂一對獸耳注視著鏡子裡的自己哀嚎著。

「沒事，這形象很適合你。」迷你的亞克上前拍拍他的肩安撫道。

「我、我可是黃金巨龍啊!」萊特狠狠拍走亞克搭在自己肩上的手怒吼道，「你看這耳朵，你看這尾巴!哪裡像是龍族會用的?!」

他的頭上是一對金黃的獸耳，身後是一條同色，尾梢上捲的毛茸茸尾巴。

亞克細細打量了他一番後說道:「嗯，目測是狗不是狼。」

「不需要你的判定，聽起來讓人更懊惱啊!我是龍，不是狗也不是狼呀!還有你為什麼這麼淡定?!」

亞克看了一眼鏡子裡顯示的紅棕色耳朵和細長尾巴的自己，隨後笑容可掬的豎起大拇指道:「除了毛色不一樣，這和我小時候沒太大區別。」

「完全不能理解你的大腦構思！與其用這個不符合我身分的愚蠢模樣見人，我還是恢復龍型！」萊特說到做到，集中精神迅速讓自己恢復黃金巨龍形態。可恢復了原型，他看亞克的視線依舊沒有提高，他焦急的對亞克問：「如何？！雖然大概迷你了一點，不過我還是沒變吧？」

要怎麼說呢？

亞克指了指一旁的鏡子，讓他自己看。

鏡子裡浮現的不是迷你的黃金幼龍，而是金黃色幼犬。

「沒事，你這個樣子要比你原本模樣的親和度提高了不少。」

一早起來，他們這些人不約而同都和往常有些不太一樣，縮小了數倍不說，還多出了不該有的獸耳和獸尾。

暴躁的就像萊特這樣，大嗓門的嗷嗷叫。

當然也有人和平常一樣冷靜。

「唔~沒想到在我身上也會有可愛的一面。」安瑟望著鏡子裡有著銀灰色獸耳和尾巴的自己感慨道，「明天的約會要怎麼辦呢？這個樣子不太好吧？不過女士們大多喜歡可愛的生物，這個樣子說不定會讓她們激起愛心。」

純黑色獸耳獸尾的翡翠對自己的新形象興趣不大，他乖巧的坐在椅子上，捧著麵包咀嚼著。從他尾巴的搖擺頻率看來，應該是（吃飯的）心情不錯。

突然間，大門「碰」的一聲被推開，吸引了屋內的所有注意力。

芙莉兒微喘著氣出現在了門口，她的視線掃過在場的每一個人的新形象。

快給我塊布啊！萊特捂著耳朵無聲吶喊。

翡翠則是扔下啃了大半的麵包從椅子上跳下，迅速來到芙莉兒跟前仰頭甩尾。

「喲～陛下，您的執事大概和您說了這件事。」安瑟對著芙莉兒打招呼道。

當芙莉兒確定自己不是在做噩夢後，賽巴斯欽適當簡明扼要的將發生在大家身上的異變向芙莉兒報告了一下。

匆忙梳洗的芙莉兒立刻趕到了餐廳，同時也看到了更多和賽巴斯欽一樣的新形象。平時這些人哪個不是讓女生眼睛一亮的帥哥？而今迷你獸人新形象的他們雖然沒有往日十分之一的帥氣，但是現在可愛的程度更加讓人移不開眼了。

芙莉兒一陣虛脫，猛地跪坐在地上。

「陛下，您怎麼了？！」所有人都聚集了過來，著急的問。

「……」芙莉兒雙手捂著臉不住的搖頭，顫抖的身子讓人不知道她雙手掩蓋下的表情是不是害怕和驚恐。

「雖然是這個樣子，但是妳也別擔憂。回頭我問一下父王……唔嗯！」萊特一手搭著芙莉兒的手臂安慰，下一秒他被猛地拽進了芙莉兒柔軟的懷裡。

「好可愛，真的是好可愛，大家都好可愛！！！！」芙莉兒一臉幸福的抱著萊特猛蹭他。

……………

陛下……果然是女孩子呀。

「喂，放我下來！」在芙莉兒懷裡臉色通紅的萊特掙扎著說道。

其餘人則看著萊特那條出賣他心情，搖晃著的尾巴保持沉默。

♛

讓我們坐下來召開個緊急應對會議。

芙莉兒再喜歡大家的新形象，他們也不會願意長久保持這個形象。所以該嚴肅的時候還是要嚴肅對待！

「奧格西呢？」芙莉兒不見公爵在，語氣裡帶著期待和欣喜的問。

「他大概是在找文獻研究這事。」安瑟銀狐說道。

「等一下，我們之中還缺一個人！」萊特黃犬拍桌說道。

這時大家才想起那位前勇者不在這裡。

「凶手就是他吧！想來想去會對我們下手的人就只有他！快通緝、判絞刑！」萊特黃犬繼續道。

「唉，雖然他是壞人臉，不過我還是要為他辯護一下。」亞克紅獅無奈的反駁道，「我一早去找他，就看到西茲對著鏡子一臉凝重的自言自語著『怎麼會這樣？不行，必須想個辦法。』這些，我問他想幹什麼，他說去準備一些必需品就走了。雖然不知道他在想什麼，不過看樣子還是受到了很大的打擊。」

「嫌疑犯之一暫時洗脫了作案嫌疑，那麼我們就來問二號嫌疑犯吧。」安瑟銀狐語畢，眾人的目光一致看向了芙莉兒。

「唉，你們看我幹什麼？我還沒學到『懸疑推理』這塊。」芙莉兒黑豆眼的回以迷茫。

「陛下，這一切是妳做的吧。」安瑟銀狐用了肯定句而非問句。

餐廳內一片寂靜，這一刻彷彿時間停止般。

「誣陷！我的作案動機是什麼？！我自己都不知道我有什麼作案動機。雖然大家現在這樣子好可愛，我也想過『如果大家有了耳朵會是什麼樣』，但是這些構不成我是凶手的理由！」芙莉兒拍桌而起。

「沒有動機的凶手才是最可怕的。」亞克紅獅雙手抱胸點頭說。

「陛下最多是從犯而不是主犯。」賽巴斯欽棕狐為芙莉兒辯護。

「我們昨天參加了陛下了茶會，都吃了陛下親手製作的甜品。雖然陛下本人也吃了，不過變化的只有我們，這樣可以推斷出問題應該出在製作環節上。我們可以假設凶手給陛下事先服用解藥這一說……陛下，請告訴我們主犯是誰？」安瑟銀狐聽取了兩位的分析後進行了推理，最後對芙莉兒總結發言。

「好吧，按照你的推理，我似乎知道凶手是誰了。」

安瑟銀狐的推理很完美，完美到芙莉兒一聽就明白。同時她也很快的明白了這個事件的真凶是誰。

省略一點過程，真凶很快的被帶入了餐廳。

「說吧，你的作案動機？」芙莉兒拎著魔劍兔子的耳朵問。

「不，這一切都是個誤會。」魔劍兔子黑曜石的眼睛看似很無辜。

「作為傳說中的『魔王之劍』，我想你一定聽說過『坦白從寬，抗拒從嚴』這句話。」安瑟銀狐友好的說。

「呃～大概是我給陛下的果醬過期了。畢竟我離開這個世界已經有很長一段時間，很多東西都記不得保存期限了。不過我隱約記得我給陛下的果醬是純天然無公害，所以有效性還是有限的。說不定過兩天就好了。」魔劍兔子一溜煙把所有都坦白了。

「可是我也吃了，為什麼我沒有變？」芙莉兒對魔劍兔子的解釋持有懷疑。

「有可能是陛下抗體強，怎麼說也是魔王嘛。」

這個解釋不知為何讓人有種說不出的鬱悶感。

「這樣的話，我們這幾天也就只能順其自然了。」亞克紅獅懶洋洋的打著呵欠。

「啊，反正也只有幾天。」萊特黃犬點頭附和。

「雖然習慣了尾巴的平衡感，不過這個樣子做事還是有少許不便。」賽巴斯欽棕狐微皺眉頭。

「……」翡翠黑犬則以甩尾代替千言萬語。

「我有點期待明天的約會了，用這個樣子～」安瑟銀狐撫摸著自己蓬鬆的尾巴。

沒想到大家這麼快就能接受現實，大家的適應能力太強了點吧？！

這樣……也好。

芙莉兒鬆了口氣，望著眾人發呆。

這樣的結果總比得到公爵懲罰要好太多了。

把手放在胸口，感受著自己的心跳。芙莉兒的心底還有著絲絲愉悅和期待。

好想快一點看到奧格西的新樣子，他會是什麼樣呢？

「你們太天真了！」

正當芙莉兒沉寂在這份期待和愉悅時，大門又一次大力的被打開。伴隨著不在場的另一人——

——西茲的聲音。

「哦，你回來啦。」離門口最近的亞克紅獅率先和有著黑色獸耳和微捲尾巴的迷你西茲打招呼，見西茲身後扛著一口袋，他好奇的問：「你帶了什麼回來？」

西茲沒有搭理亞克紅獅，走到芙莉兒的腳下，仰頭對著芙莉兒一臉認真的說：「陛下，我說過我是您的騎士，我會永遠守護在您身邊。哪怕是這副微小的身軀我依舊不放棄對您的誓言。」

芙莉兒俯視著西茲，緩慢消化他的話。

在場的每一個人都需要她仰視，而今她需要低下頭俯視著他們。這樣的變化說無所謂那是假話。她此時沉浸在單純的愉悅中，忘記了他們並非和自己一樣喜悅。

西茲的話讓她明白了自己與他們的差別，也明白了自己的天真和愚昧。

即便他們是這個樣子，也與原本的樣子並無差別。一樣的理念，一樣的執著，一樣的……

芙莉兒緩緩的彎下腰，盡量放低自己和西茲的高度。

這個樣子的西茲要比原本的西茲讓她容易接受，對於這一個放棄自己信仰和姓氏身分（倒貼）成為自己騎士的人，她似乎缺一個謝謝。

現在說出「謝謝」這個詞最適合吧。

芙莉兒的話沒有出口，西茲已經將身後的口袋卸下，倒出好一些東西。

毛線球、逗貓棒、飛盤、項圈……

「現在這個樣子，我可以更好的保護您，伴隨在您的身旁。無論您要帶我去散步或者玩耍都可以。」西茲捂著臉羞澀的說道，身後那條甩得比翡翠還快的尾巴充分表明了他的意思。

「那傢伙是狼吧？」亞克紅獅望著自己的契約者嘀咕著。

「這傢伙是狼是狗都一樣糟透了！」賽巴斯欽棕狐如實說道。

「或許我們小看了他，他的思維散發性太強。」安瑟銀狐皺著眉很為難。

…………

本該由萊特接話，可等了好一會兒都沒有聲響。視線望過去，萊特黃犬和翡翠黑犬正專注的盯著西茲黑狼帶來的橡皮鴨子。

喂，你們的習性也犬化了嗎？！屬於高智商生物的理智不要了嗎？

真是糟糕，這樣子一分鐘也不想保持下去！

尚有理智的人已經開始為自己的將來而擔憂。

「陛下，這一切都是您搞的鬼吧！」門又一次被打開，有著漂亮虎斑色獸耳和長尾的迷你公爵出現了。

「奧格西！！！」一聽到公爵聲音的芙莉兒飛撲了過去，狠狠的撲倒了公爵虎斑貓。

「陛下，您的禮儀呢？！」被壓在身下的公爵虎斑貓生氣的甩著尾巴低吼道。

「我只是太激動了而已嘛～」芙莉兒多少還是畏懼公爵，她趕緊起身微笑著向公爵道歉。

「我查過文獻了，不過這事多半和您脫離不了關係……」公爵冷哼著開始自己的分析。

雖然他說的一切對芙莉兒已經算是二周目，不過她依舊喜孜孜的聽著。

說到一半時，公爵發覺芙莉兒一臉傻笑的不在狀態裡，也知道她多半是對自己目前的新形象很滿意，不過這形象對公爵來說已經是自己畢生的恥辱。

正要鼓足氣對芙莉兒進行習以為常的功課懲罰，一顆毛線球從自己身側滾過，公爵的視線本能的跟隨著滾動的毛線球。

「呼呼呼～果然啊。」這個時候西茲黑狼陰森森的出聲了。他腳下還有一顆毛線球正蠢蠢欲動著。

「……你想幹什麼？！」公爵的尾巴豎得筆直，他明白了西茲想要對他做些什麼。

「你死心吧！現在的你是敵不過貓科的本能！你這傢伙就抱著毛線球滾一天吧！嘿嘿～我倒要看看恢復後的你要怎麼面對這一份恥辱。」

西茲猛的起腳一個強力射門踢，公爵眼一冷，起身從毛線球上後空翻過，避免了目前毛線球對身體造成的「傷害度」。

屬於貓科的優雅落地後，公爵回以西茲譏諷的一冷笑。

「你以為這樣就結束了？」西茲左右手各拿一根逗貓棒，毫不留情的展開第二波攻擊。

「唉，幸好我們不是貓和狗……也不是狼。」安瑟銀狐望著戰鬥還有專注的兩撥人，感慨道。

此刻的大家早已放棄了優雅和理智，剩下的只有最原始的本能了。

「無論是人類也好，魔族也好，你們太過於克制自己的本性了。」亞克紅獅抓著毛線球說。

「賽巴斯欽，說不定等我們恢復後會被奧格西滅口。」安瑟銀狐望著一臉幸福觀戰的芙莉兒對賽巴斯欽棕狐說。

「啊，希望公爵大人那時候能恢復理智。」賽巴斯欽棕狐點了點頭。

「賽巴斯欽……」

「伯爵大人，請說。」

「今晚的晚餐吃雞肉嗎？」

「聽起來不錯。」

——END

注二：劍裝，劍士裝的一種稱呼。佩戴著劍型武器的都可以算是劍裝。

注三：NTR為日文「寢取る」的連用形「寢取り」的羅馬拼音縮寫：ねとり（ne to ri）。NTR也有被動語NTRR的用法，即寢取られ（ne to ra re）但並不常用，一般都是用「被NTR」來表示，譯成中文就是「被他人強占配偶或對象」、被別人戴綠帽，可以用在男性之間，也可以用在女性之間。跟一般三角關係不同的是，NTR的必須在發生性關係的場合才能使用。廣義上的NTR也泛指對「自己喜歡的異性與他人發生性關係、自己卻感到興奮」的嗜好，或者持有這種嗜好的人，或者和這種嗜好有很深關係的表現和文化，是受虐傾向的一種。

Lv. max
你好，
新世界！

勇者守則一：身為一名（未來的）勇者，越是奇怪的東西越該撿回家。

勇者，這是只存在於傳說中的職業。

據說要轉職成為勇者，先天條件並不重要。這意思也就是「人人都能成為勇者，勇者就誕生於人人中」。

這是一個飽受邪惡魔族摧殘的大陸，人類在魔族的迫害中過著水生火熱，看不到未來的生活。即便這個大陸有著神的信仰，可無論信徒們如何的祈禱，神都沒有降下奇蹟，解救眾人。

哪裡有壓迫，哪裡就有反抗！

所以有人為了打倒魔族站了出來，這樣的人被稱作為「勇者」。勇者帶著人們的期待向著魔族進軍，然後……一去不復返。

但是，人們對神的祈禱依舊沒有停止。

這個大陸一直在等待著真正的勇者降臨！

「這是什麼？」穿著深藍色哥德式洋裙的小女孩嫌棄的用木勺扒著綠油油的蔬菜問道。

「是青椒。」穿得極為樸素，卻有一張英俊臉蛋的少年有些唯唯諾諾的向她解釋。

「我不吃青椒，如果是生菜的話，做成三明治我可以接受。」小女孩將盤子推得離自己遠遠的，看向了少年。

……

「沒有。」少年為難的說道。

「那麼就來個蔬菜沙拉吧，我要放番茄和草莓。」小女孩瞥了一眼窗外，不在意的降低了要求。

…………

「也沒有。」少年的臉色有些不好看了。

……………

「這樣都沒有呀……那麼就只要草莓好了。」小女孩思考一番後繼續保持著優雅的笑容。

少年那句「沒有」還沒出口，小女孩已經拍桌而起。她憤怒的指著窗戶外大豐收的農田發飆了起來：「外面那些都是我餓暈後產生的幻覺嗎！？還是說我其實是在沙漠裡，我所看到的都是海市蜃樓！？」

「外面那些都是為領主準備的，平民是不能擅自食用。」少年立刻解釋道。

「生為食物，如果不能盡食物的責任，那就沒有存在的意義了！」小女孩一愣，隨後走到窗臺前對著窗外滿眼的綠意盎然自言自語道。

她的話傳進了少年耳中，而少年只是露出苦澀的笑容。

「給我生菜、給我番茄、給我草莓！！！！」

下一秒，少女清脆的聲音在空曠的農田上回音了幾次，也就是幾秒鐘的時間，她的聲音消失在空氣中。

半晌後，小女孩轉身對少年點點頭說著：「好了，現在可以吃了。」

她見少年呆滯的表情沒回應自己，也明白自力更生才是王道，乾脆決定自己動手起來。

她走到農田前，瞥了一眼自己漂亮的裙子微微皺眉著。做了一番思想鬥爭後嘴一撇，也不管自己的衣裙會不會被弄髒的下了田。

像是在自己花園散步的貴族小姐，摘取花園裡自己最喜歡的花朵一般，她朝著離自己最近的大顆番茄伸出了手。

眼看就能摘下碩大飽滿的番茄，小女孩的臉上露出了得意的笑容。

可是她的手也只是碰了一下番茄，突然被人攔腰抱起迅速的離開農田。她只得眼睜睜看著番茄離自己越來越遠。

有些粗暴的被扔回了木椅上，小女孩憤怒的瞪著對自己無理的少年。而少年沒有感覺到小女孩以眼殺人的殺氣，嚴肅的關門上鎖。

小心翼翼的貼著門，門外沒有什麼動靜後，他才鬆了口氣。

「你在幹什麼！？我可是有好好的詢問過『主人』的！對待一名淑女如此粗暴，完全可以對你處以極刑！」小女孩憤恨的拍著扶手對少年公布了罪名。

「如果我不阻止妳，那麼妳會被領主的人處以極刑！」少年說道。

……………

「人、人類原來是如此可怕的嗎！？」小女孩一驚，雙手捂著自己的臉頰一臉震驚，「還是說他們已經知道了我的真實身分！？唔嗯，拿食物做誘餌真是太卑鄙了！」

少年聽不懂小女孩所說的話，他只能確定一點：這個小女孩不知道這個小鎮的規則。

芙莉兒・特維斯，就是眼前這小女孩的名字。

身上的深藍色洋裙雖然被塵土弄髒，可無論是洋裝的材質還是作為裝飾的寶石胸針，就像是出入領主城堡的貴婦、小姐們一樣。

優雅的舉止還有那彷彿與世隔絕的嬌氣，以及出現在離城堡不遠處……少年似乎明白了她之所以和自己格格不入的原因了。

「妳是從魔族領主大人的城堡裡來的？」少年小心翼翼的問道。

「不是你所指的城堡。」

芙莉兒很誠實的回答他：「嚴格來說我只是迷路而已。我不過和平常一樣抱怨了一下功課，順便觸動了機關，腳底一空後像是坐滑梯一樣就出現在了這裡。本以為是不小心開啟了暗道，被傳到了皇城外，可朝著皇城走了一小段後才發現那不是我的城堡。唔嗯……我想這大概就是所謂的『迷路』了。真是讓人驚訝，我才多久沒出門，魔族就開始占領人類的領土了呀。奧格西終於耐不住，自己出手了嗎？」

「妳是……魔族？」

整個大陸都被魔族統治著，但是也有不少人族被允許和魔族交易、交往，這些人類通常是商人或者是被賜予貴族稱號的人族。而眼前這個大小姐一般的女孩如果不是魔族的人，那麼也是人族中有身分、有地位的子女了。

「是啊，我就是魔王。」芙莉兒點點頭，抬頭挺胸驕傲的自我介紹著。

傳說：魔王是這個世界上最恐怖的存在，有著恐怖的身高、恐怖的長相、恐怖的力量，恐怖的統帥著強大的魔族在大陸上橫行霸道。

眼前這個可愛的小女孩自稱是那個有著恐怖的身高、恐怖的長相、恐怖的力量，恐怖的統帥著恐怖的魔族在大陸上橫行霸道，令人聞風喪膽的……魔王！？

「魔王很強大……」少年愣愣的說道。

「嗯嗯～我很強呀。」芙莉兒點頭附和。

少年再次認真打量著這個小女孩一會兒，沒有忘記她一開始走三步必定會摔倒一次的頻率。

「魔王長得很恐怖……」少年說道。

「以貌取人是不對的！別看我這樣，我也被某個『勇者』說：妳還真是個『恐怖』的存在！」芙莉兒捏捏自己的臉後，認真反駁著。

呃，以貌取人是他的不對。

「魔王……他是男的！」少年嚴肅的說出最關鍵的一點來，「或者是公的、或者是雄性。」

「魔王只是個『職業』，不帶性別限定！性別歧視什麼的最膚淺啦！以前的魔王是男的，不過到我這代，你就當基因突變理解好了。」芙莉兒同樣嚴肅的又一次反駁道。

……………

「魔王的話燒殺搶掠樣樣精通！」少年一咬牙使出了殺手鐧，他就不相信這個自稱魔王的小女孩能做出這種事來。

果然，他的話讓芙莉兒震驚了。

芙莉兒微微張開唇，啞口無言。

看，他贏了！

啊，他在幹什麼呀！？他為什麼要和一個小女孩在這方面較真！？

「這不科學！先不說事後重建工作會是很大一筆的支出，最重要的就是課程安排絕對是排不過來，別隨便給我添加多餘的功課！」芙莉兒皺了皺眉頭，有些為難。

隨後她對少年露出一個純潔的笑容提出了自己的意見，「我們可以採取更簡單、更節省一點的侵略方法。世界在進步，征服世界的方法同樣需要革新！」

夠了，他輸了！

♛

勇者守則二：（未來的）勇者的身邊總是充滿了各種危機！

這個小鎮很久以前就被魔族的貴族統治著，這個小鎮上的一切都屬於魔族。高額的稅收、人們無休止的工作著，可是卻只能分得少數的食物。

城堡裡的領主享受著錦衣玉食，城外的人們食不果腹，一裡一外卻是兩個世界一般。

少年的父親據說被人以「勇士」稱呼，在他即將出生時帶著所有因受壓迫而渴望自由與和平的人民，加入了討伐魔族的隊伍中。

最終少年的父親再也沒有回來，這個小鎮還是成為了魔族的領地。

作為「失敗的勇士家屬們」，少年和母親受到小鎮上人們的責備和排斥，他們過得並不好。而統治小鎮的魔族身分的領主在他們快要餓死的時候「善意」的向他們伸出了手，讓他和母親在極為偏僻的領土一角上種植著大片的農田。

少年知道：這並非是善心，而是侮辱。領主嘲笑著他的父親不自量力向魔族反抗，得意的向人們告知：即便是勇士，在強大的魔族跟前也成不了氣候。看吧，這就是和魔族作對的下場！

少年和母親在這簡陋的小木屋裡生活，沒日沒夜的工作著。母親也因操勞過度，在少年十四歲的時候過世了。

兩年後的今天，家中沒有存糧的少年想利用農作休息時間去小河裡捉魚，就在離這裡不遠的樹林中，撿到了這個昏倒在地的女孩。

「真是很辛苦呢。」芙莉兒聽完了少年的回憶，一邊感動的用手帕抹眼淚，一邊塞了一顆草莓進自己嘴裡。

「……妳手裡的是什麼？」少年好像看到了幻覺，芙莉兒膝蓋上放著一盤水靈靈的草莓，她正拿起其中的一顆要往嘴裡塞。

「手帕！」小女孩低頭看了看自己的左右手，最後選擇抬起右手給他看。

「不，我說的是左手！」少年瞪著小女孩的左手不自覺提高了分貝。

「……」小女孩立刻將草莓塞進了嘴裡，鼓著腮幫含糊的說道：「什麼都沒有。」

……………

可以把她扔出去嗎！？

「別擔心，既然這些食物是給魔族準備的，那麼被本魔王吃掉就是它們的榮幸。這草莓很好吃，本魔王很滿意。」芙莉兒拍著少年的肩膀對他的勤苦勞作表示滿意。

如果芙莉兒真是魔王，或許世界就會是另一幅景象。

有可能……魔族並不像現在這麼可怕。

可是那只是空想，空想不會成為現實！所謂的魔王不過是貴族少女的幻想，對自己這樣的貧民來說，任何一個魔族都是魔王。

天色漸漸暗了下來，芙莉兒見室內光線昏暗了不少，立刻看向少年：「點燈吧，什麼時候可以上晚餐？」

芙莉兒的話頓時讓少年無言以對，同時這個簡陋的家連招待客人的東西也沒有。看著一臉單純的芙莉兒，讓少年從心底覺得很羞愧。

「妳還是快回去吧，朝著城堡走。那裡的領主大人應該能送妳回家的。」他起身對芙莉兒說道。

或許芙莉兒的確是魔族，但她不過是個什麼都不懂的孩子，不知道什麼是戰爭，不知道壓迫，不知道魔族對人類的迫害。

這樣天真的人本該遭人憎恨，可少年無法將自己對魔族的仇恨放在一個這麼天真的女孩子身上。

他承認，和芙莉兒相處的這短暫時間是這幾年間他最輕鬆的，已經有很久沒有人願意與他交談了。雖然芙莉兒是魔族的人，可她不像其他魔族那樣看不起他，也不像村民仇恨著自己。

「回家呀……」芙莉兒如實說道：「不過我現在是離家出走。」

「唉？離家出走！？」少年徹底驚呆了，不敢置信的瞪著一臉淡然的芙莉兒。

「嗯，雖然我也不是很想離家出走。」芙莉兒輕嘆一聲。

喂，到底是怎樣的經過能讓妳在不想離家出走的情況下還是離家出走了！？

少年眼裡赤裸裸的疑惑芙莉兒看出來了，她也很坦然的願意為他做解答：「天天被唸叨著『不好好學習是當不了好魔王的，世界不需要一個笨蛋的魔王！』天天被叫『笨蛋』，我也是有自尊心的！既然都出來了，又灰溜溜的回家有損本魔王的威嚴！」

妳情願離家出走也不願意好好學習嗎？

或許唸叨妳的人沒錯，妳的確是個笨蛋也說不定。

「很過分是吧？！魔王只要征服世界就夠了嘛，學習太多餘了！」少年沒有說話，芙莉兒當他正在認真聽自己的話，有人願意聽她訴苦，她也就停不下來了。

「啊，好像是的。」少年在芙莉兒期待的眼神下，黑線的贊同了。

「我就說嘛～最近的課程越來越過分，連建築學都要學！說什麼『以最小的力量破壞建築的中心軸。就算是魔王，也要合理安排利用自己的力量。』啊啊～總覺得學會了那些功課就算不當魔王，我也能轉職當其他的。」芙莉兒對自己隨身攜帶的玩偶兔子無奈的吐槽了起來。

少年此時不知道如何回覆芙莉兒，畢竟他的認知裡沒有聽說過哪個魔王像芙莉兒這樣的辛苦，雖然他從未認為芙莉兒是魔王，也不瞭解魔族的教學方式。

她的家人……或許很辛苦。

少年打心底同情芙莉兒的家人，同時更多的是疑惑那個家庭是如何教育芙莉兒的。

「話說回來，你說你父親是勇者吧？要打倒魔王的勇者？」突然，芙莉兒換了個話題，很好奇的對少年問道。

少年不知道該怎麼回答，他的父親是勇士，可是卻是一個失敗的勇士。那樣的人不能稱作為勇者吧？

他曾經恨過父親。

如果父親沒有離開小鎮去挑戰魔王，那麼他和母親就不會被鎮上的人排斥、責怪，他們也不會在這裡成為魔族的守田人，母親更不會操勞過度而死。

可他的母親總是對他講：「你的父親是偉大的，他為了拯救大家而犧牲了自己。你的父親曾被稱作為『勇士』，這份榮耀你不能忘記。」

這份榮耀，除了母親以外，從未有人願意和他分享。日子一久……他也分不清對父親是恨多一點還是愛多一點。

「真了不起呢，你的父親。」芙莉兒卻說出了出人意料的話來。

少年哽咽了，他無法相信眼前這個小女孩說的話。她沒有像別人一樣笑他的父親自不量力，她對他說：你的父親很了不起。

「勇者通常是被神選出的強大人類，以消滅魔王，解救蒼生為己任。勇者是個很微妙的職業，任何身分、職業的人都能轉職成為勇者。」芙莉兒像是背書一樣，說出了一些勇者的基礎涵義。

「可是……我父親並沒有打敗魔王。」雖然很激動，可是少年沒有忘記那是一個失敗的結局。

「太容易被幹掉的魔王就不是魔王了，在最強勇者出現之前，總要有些炮灰。」芙莉兒很冷靜的做出了分析，因為身高而無法直接對少年拍肩鼓舞，她踮著腳藉由自己的兔子玩偶彌補了兩人的身高差距，她用小兔子輕輕捶打著少年的肩，「就算被炮灰了，也不能否認勇者付出的作為吧？」

勇者用炮灰魔族練級打魔王，魔王也要用炮灰勇者練級打勇者。雙方可是平等的！

「妳不是說妳就是『魔王』嗎？」芙莉兒的安慰讓少年鼻子一酸，他沙啞著嗓音問道。

「啊啦～這麼一說的話，我倒是沒聽說過魔族征服了世界，莫非我又穿越了！？不是我幹的卻要我背黑鍋，這可太虧了！」芙莉兒蹲地抱著頭一臉苦惱的自言自語了起來。

這個世界上還有人能理解我，真是太好了。

少年默默的看著芙莉兒，雖然他聽不懂芙莉兒的話，但無損他對芙莉兒的感謝。

第一次有人對他說這些，第一次有人理解他……這些個第一次，他想對芙莉兒說出最簡單而最真誠的感謝。

美好的氛圍，卻因突如其來的外部因素而瞬間改變！

「碰！」

古舊的木門被一腳踹開，少年在毫無預防的情況下，只感到胸口一疼，被狠狠的打倒在地。

趴倒在地的他還未抬起頭，就看到一雙擦得漆亮的皮靴在自己的眼前。

「呀啊！」芙莉兒的尖叫聲雖然沒有聽出恐懼，可是仍帶著顯而易見的驚訝。

「看看我發現了什麼？想要逃跑的奴隸一個。在本大人的憐憫下才留你一條活路，現在想不知感恩的逃走嗎？」有些尖銳刺耳的男高音在耳邊響起。

抬頭一看，那是統治這裡的魔族領主。常年享受著民脂民膏，身型卻瘦長的像是披著一層皮的骷髏。那一對精練奸詐的眼睛配上這個體型，十足的反派臉。

芙莉兒被領主的人抓住了，雖然沒有受到傷害，可芙莉兒露出了厭惡的表情。

「這是誰家的小小姐？和我的奴隸想要做什麼？」領主打量了一下芙莉兒，裝作很慈祥的問。

「他不是你的奴隸，是勇者的後裔。」芙莉兒沒有一點畏懼的說道。

「勇者？」領主被芙莉兒的回答愣了一下，隨後大笑了起來，「小姐，妳被他騙了。他可不是什麼勇者後裔，只是我的奴隸。他的父親想要反抗我們偉大的魔王，也多虧了本大人的仁慈沒有治他們母子死罪，還給予他們工作來贖清他父親的罪惡。」

「這麼來說，你是個好人了？」芙莉兒不在意的發了好人卡。

「沒錯，我是大好人。」芙莉兒的話領主很滿意，然後他對少年露出笑容說：「這個奴隸不感激我，還要背叛我。這是多麼讓人失望的事情。果然……人族是不可信的，尤其是那些敢於反抗魔族的人。」

誇張的揮舞著手臂，瘦長的身體看上去一點美感也沒有。就像是演繹著歌劇一般的自說自話了起來。

「愚蠢的人族，想要打倒我們偉大的魔族，想要打倒魔王陛下，這是多麼可笑又愚蠢的事情？人類真是不成氣候的種族，只要稍微威嚇一下他們就會自相殘殺。最信任的人瞬間變得不再信任，這樣的畫面真是讓我百看不厭。」

「所以你才留下他，讓他被人們排擠、責罵？」芙莉兒很聰明的知道了這個領主的小計謀。

「那是當然，否則我怎麼會留下一個對魔族有害的人呢？」領主大方的承認了，他很滿意自己布下的天才計謀。

「現在的妳還信任著這個『勇者』嗎？妳看他，他的手只拿過鋤具，不會一點武藝，他沒有武器，沒有裝備，被同是人族的人們憎恨著。要靠我們魔族的施捨才能活到現在。這樣的人哪可能成為勇者？」

「勇者是受了挫折也會立刻振作的。」芙莉兒反駁道。

「他是人，不是勇者。這樣的人沒有資格當勇者。」瞥了一眼狼狽的少年，領主笑著說道，「同樣是魔族的妳相信一個人類，我真為妳的父母傷心。他們的孩子被一個卑賤的人類給欺騙了。作為同族的人，我有必要讓妳知道自己的錯誤。如果小姐妳覺得他是勇者，那麼我來給他一個成為勇者的機會吧？」

他想到了一個很有趣的小節目。

勇者守則三：（未來的）勇者的成長，是來自於心。

通常故事裡：美麗的少女被魔王挾持，英勇的勇者單槍匹馬的衝進了魔王的巢穴，打倒了魔王，解救了少女，成為人人崇拜的大英雄。

這樣的故事，角色有限定——勇者限定。

只有勇者可以英勇的打倒魔王，解救少女，得到人們的崇拜。

這些對勇者來說，都是手到擒來的事。

可是要如何成為勇者呢？

少年的父親是勇者，是芙莉兒口中的「炮灰勇者」。這樣的「炮灰勇者」在勇者的歷史中占了非常大的部分，他們只是歷史或傳說中裡沒有名字的代號們，只有少數人才能成為真正的勇者。

「來吧！來我的城堡，解救信任你的小姐。你會成為節目的主角，讓我們來看看你是勇者還是一個普通奴隸？」帶走了芙莉兒的領主，對少年扔下這樣的話。

這個人會懦弱的不敢赴宴，還是學他的父親當一次炮灰勇者？這的確是個有意思的小劇碼。

♛

奢華的城堡宴會廳裡舉辦著熱鬧而又炫目的宴會，宴會廳的中央有著一個巨大的鳥籠，關著被換上漂亮洋裝、精心打扮過的芙莉兒。

參加宴會的魔族們用著觀賞珍稀動物的眼光，在籠外對著芙莉兒進行著評價。

「看上去妳的勇者不會來了呢，小姐。」與賓客招呼過的領主端著注入高級美酒的高腳杯，對著籠內的芙莉兒說道。

「所謂的主角可都是在最後一刻才會出場的。」芙莉兒坐在籠內，很平靜的掃視著餐桌上的精美食物，「我餓了，想必主人的你不會虐待客人吧？」

領主對人族很吝嗇，可是在這個宴會上，他不會吝嗇一點食物來虧待籠中的主角之一。他示意傭人挑選一些食物給芙莉兒，而芙莉兒也很不客氣的要求這個和那個。

芙莉兒是個漂亮的女孩，她的從容和淡定帶著貴族的優雅和貴氣。即便關在籠中被魔族們當寵物一般的觀賞評價，她也沒有絲毫恐慌和膽怯。

「妳一定有個不錯的家世，但對卑賤的人類抱以信賴這對魔族來說是個奇恥大辱啊。」領主稱讚著芙莉兒的勇敢。

「這可不是信賴，還不如說是『必然』，我和勇者相遇是『必然』的事。」芙莉兒又起一塊小蛋糕邊吃邊說。

她早就接受了這一個不太能釋懷的現實。

「必然嗎？真是個有趣的答案。」芙莉兒的回答真是讓人有些驚訝呢。

「一、就算是魔族，也會知恩圖報；二、那個人不是奴隸，是勇者後裔；三、雖然我們同是魔族，我也有權選擇親近哪一方；四、雖然我不喜歡勇者，不過也沒有痛打落水狗的惡趣味。」

「噗！看起來妳是位很過分的小姐呢。這麼相信那個奴隸能成為勇者？」

吃飽喝足的芙莉兒懶洋洋的瞥了一眼領主，不屑的說道：「我可是這個世界上最討厭勇者的人，不過看到你後，我決定把勇者排第二位。」

所謂吃飽喝足好幹活，勇者什麼的都被芙莉兒扔到了腦後。

她花了點時間醞釀好了情緒，準備說話的時候，熱鬧的宴會廳突然寂靜了下來。

所有人的視線都集中在了入口，集中在與奢華宴會格格不入的來賓身上。

穿著破舊的少年，吃力的拿著鏽跡斑斑的長劍站在了宴會廳的門口。

「噗！」

一聲笑聲打破了這像是被施了時間停止魔法的寂靜，穿著華服參加宴會的男男女女開始大笑了起來。

「在宴會的高潮，我們的主角登場了！」領主有些激動的開口向賓客們解釋著：「這個人族少年是勇者的後裔，他要在我們的眼前將身後的少女從我們魔族的手上解救出來。讓我們為勇敢的勇者鼓掌吧，各位！」

賓客們相應著領主紛紛拍手起來，在他們眼裡這不過是領主精心安排的餘興節目。弱小的人族要在他們這麼多人的跟前救走鳥籠裡的女孩，這無非是做夢。可是少年會如何做，這是他們接下來要享受的娛樂時間。

賓客中有人站了出來，自願為接下來的娛樂增加樂趣，充當起「勇者的障礙」。他們仗著自己的強大，像是貓捉老鼠一樣的戲耍著少年，觀看的賓客們時不時的發出哈哈大笑。

少年覺得自己搞不好是瘋了，自己一個人跑進了魔族的皇城，揮舞著沉重又破舊的父親的遺物，沒有經過專業訓練的他只能胡亂的揮舞著。

如果不走出一步，那麼自己的一生就只是一個魔族的奴隸。無止境的為魔族工作著，沒有未來的度過每一個昨天、今天、明天。

是沒有尊嚴的繼續活下去，還是用盡生命為自己燃燒一次？

以前的他不知道如何選擇，可是現在……似乎有了答案。

他的父親為了人類犧牲了自己，他或許沒有他父親那般偉大，可是他想即使只有一人也好，他也想成為一次和父親一樣偉大的勇者！

勇者：勇敢的人，有勇氣的人……每個勇者必不可少的就是「勇者之心」，一顆堅定信念的心！

他的覺悟，讓他的心更加的堅強。身體的疼痛在此刻已經不算什麼了。

他被狠狠的拎起，撞上了鳥籠鐵欄杆。

「你可不能就這樣倒下了，大家都在期待你有所作為呢，勇者。」領主居高臨下的對倒在地上的少年說道。

弱小的人類和魔族的差距太明顯了，力量懸殊的戰鬥讓他們越來越覺得無趣、乏味。這個小餘興就要這麼無聊的完結了？

「來吧，為妳的勇者鼓舞吧！」領主瘋狂的對芙莉兒說道。

「我可不是啦啦隊。」芙莉兒無趣的說道。「不過看在我是主角的分上，稍微開個外掛吧。」

芙莉兒對籠外的少年說道：「現在你還有機會，是離開還是留下？離開的話就回家蓋上被子睡一覺，當自己只是夢遊；留下的話，搞不好就會喪命喲～」

芙莉兒說出的選擇題讓他很想笑，雖然此刻身體受了很重的傷全身都在疼，可是少年臉上露出了一個有些難看的笑容出來。

「妳不是說過嗎？炮灰的勇者也是勇者。」少年說道。

……………

「我果然很討厭勇者。」芙莉兒噘了噘嘴，「不過現在有比勇者更讓我討厭的。」

就見芙莉兒對著她的兔子玩偶拍了拍，令人不可思議的事情就這樣在眾人眼前發生了！

她的兔子玩偶晃晃身體飄浮了起來。

「我錯過了派對嗎？唉，為什麼陛下您被關在了狹小的籠子裡？」兔子玩偶黑曜石的眼睛對著四周張望了一會兒，可愛的斜著頭說道：「真是奇怪了，這裡不是皇城啊。明確的說這裡好像不是我們的世界。陛下，您又被捲入奇怪的事情了？」

「我就說嘛，奧格西怎麼會背著我去征服世界。」芙莉兒鬆了口氣，站起身，對著籠外的少年說道：「生日快樂，恭喜一名勇者誕生了。」

她從兔子的背上挖出了一把劍柄，然後將劍柄對著少年。

看著這把劍柄，少年腦袋一片空白。他鬼使神差的伸手握住劍柄，慢慢的從玩偶裡抽出一把嶄新的長劍！

當劍完全顯現於世，他身體上的傷口以肉眼可見的速度癒合消腫，而少年能感覺到一股前所未有的力量蔓延在他的身軀中。

奇蹟，這是一把奇蹟的劍！就像是傳說中神賜予勇者的勇者之劍一樣！

「事先說明，我可是魔王，所以這可不是什麼『勇者之劍』、『神之劍』。這是『魔王之劍』喲～」芙莉兒適當的做了注解，可是她的話似乎並沒有多少人聽進去。

強大的魔劍橫空出世，在場的所有人都被這強大的力量震驚了。手持長劍的少年依舊是那身破舊的粗布衣，可在這劍光下卻像是穿上了鎧甲。

魔劍輕輕一揮，鳥籠被劈成了兩半。

而在鳥籠裡的芙莉兒毫髮未傷，極為輕鬆的走出了籠子。

「妳到底是什麼人！？」目睹著逆轉性的大變化後，領主臉色鐵青的對芙莉兒吼道。

「嘖嘖～每個反派都喜歡說這句。」芙莉兒鄙視道。「我剛才不是說了嗎？我討厭勇者，不過現在是第二討厭。正巧這裡不是我所知道的世界，所以背黑鍋這種事我可不樂意，況且還不必為什麼事後重修費擔心了。」

她突然開始說了些匪夷所思的話出來。

「喂，我之前有跟你說過，最近我在學『建築學』吧？」芙莉兒突然扭頭對少年問道。

少年傻愣愣的點點頭，沒有反應過來。

「來吧！」芙莉兒突然抬手朝著一方指過去，「破壞那裡，這座城堡就會輕而易舉的被廢掉了喲～」

或許……學習建築學還是很有用的。

♛

勇者守則四：勇者的使命是打倒大魔王！

充滿生機的平原上，一對年輕男女一前一後的行走著。

「我們要去哪？」好半晌，走在後頭的少年對前面撐著洋傘的女孩問道。

女孩半轉身，理所當然的回答：「當然是去打敗這個世界的大魔王囉。」

「唉？我有些糊塗了，妳不是說妳就是魔王嗎？」

少年沒有忘記女孩一直提醒著自己她就是魔王。以前的自己或許還不信，但當女孩展現出奇蹟的時候，他終於接受了事實。

「沒錯！所以這個世界不需要兩個魔王，只要有一個魔王就可以了，那就是我！所以現在才要去打敗另一個魔王。」女孩自信的說道。

……………

「對不起，那個……我是勇者，妳是魔王。」

少年黑線的指了指自己，再指了指女孩。

「對呀，勇者的天職是打敗魔王，所以那個魔王就交給你了！你總不能讓我自己去做吧？這樣的話勇者根本就沒有存在的意義了！快向千千萬萬的勇者們道歉，你是在剝奪他們唯一的存在感！」

女孩笑得很燦爛，可是她的微笑卻讓少年覺得自己能成為勇者，純屬對方的陰謀。

「打倒這個世界的魔王，聽起來真不錯。」少女瞇著眼仰視一望無際的蔚藍天空自言自語著，「要讓奧格西知道，就算不用上課，我還是『世界第一的魔王陛下』呢。」

♛

這是一個魔法的世界；

這是一個擁有勇者和魔王的世界。

這是一個新冒險故事的開始；

這是一個屬於魔王的新冒險故事。

——END

——全書完

2012
OCTOBER
新星作者竹某人+超可愛畫風繪者MO子
不容錯過的歡樂逗趣與驚奇幻想
因為……
神仙也瘋狂的啦！
芙蓉仙傳
她是天地精華所生的仙子，備受眾神寵愛，
然而……有沒有哪個仙人的興趣是炸丹爐的啊？！
於是，為了償還自己日積月累破壞公物的「債務」，
她得下凡去幫助凡人渡劫……
——這是歷練，更是還債大挑戰！
★更多詳細內容請搜尋★
不思議工作室
立即搜尋
典藏閣
采舍國際
www.silkbook.com
版權所有© Copyright 2012

飛小說系列025

世界第一的魔王陛下MAX

出版者■典藏閣
作　者■Cup　繪　者■Mo子
總編輯■歐綾纖
製作團隊■不思議工作室
郵撥帳號■50017206 采舍國際有限公司（郵撥購買，請另付一成郵資）
台灣出版中心■新北市中和區中山路2段366巷10號10樓
電　話■(02)2248-7896　傳　真■(02)2248-7758
物流中心■新北市中和區中山路2段366巷10號3樓
電　話■(02)8245-8786　傳　真■(02)8245-8718
ISBN■978-986-271-232-0
出版日期■2012年08月

全球華文國際市場總代理／采舍國際
地　址■新北市中和區中山路2段366巷10號3樓
電　話■(02)8245-8786　傳　真■(02)8245-8718

新絲路網路書店
地　址■新北市中和區中山路2段366巷10號10樓
網　址■www.silkbook.com
電　話■(02)8245-9896
傳　真■(02)8245-8819

☞**您在什麼地方購買本書？**☜

☐便利商店__________☐博客來　☐金石堂　☐金石堂網路書店　☐新絲路網路書店

☐其他網路平台__________☐書店__________市／縣__________書店

姓名：__________地址：______________________________

聯絡電話：__________電子郵箱：______________________________

您的性別：☐男　☐女

您的生日：__________年__________月__________日

（請務必填妥基本資料，以利贈品寄送）

您的職業：☐上班族　☐學生　☐服務業　☐軍警公教　☐資訊業　☐娛樂相關產業

☐自由業　☐其他____________

您的學歷：☐高中（含高中以下）　☐專科、大學　☐研究所以上

☞**購買前**☜

您從何處得知本書：☐逛書店　☐網路廣告（網站：______________）　☐親友介紹

（可複選）　☐出版書訊　☐銷售人員推薦　☐其他

本書吸引您的原因：☐書名很好　☐封面精美　☐書腰文字　☐封底文字　☐欣賞作家

（可複選）　☐喜歡畫家　☐價格合理　☐題材有趣　☐廣告印象深刻

☐其他____________________

☞**購買後**☜

您滿意的部份：☐書名　☐封面　☐故事內容　☐版面編排　☐價格　☐贈品

（可複選）　☐其他

不滿意的部份：☐書名　☐封面　☐故事內容　☐版面編排　☐價格　☐贈品

（可複選）　☐其他

您對本書以及典藏閣的建議______________________________

____

____

✌是否願意收到相關企業之電子報？☐是　☐否

✍**感謝您寶貴的意見**✍

✌From____________________@______________________________

◆請務必填寫有效e-mail郵箱，以利通知相關訊息，謝謝◆

印刷品

$3.5
請貼
3.5元
郵票
不思議信箱
FUSIGI POST

235 新北市中和區中山路二段366巷10號10樓

華文網出版集團　收

（典藏閣－不思議工作室）

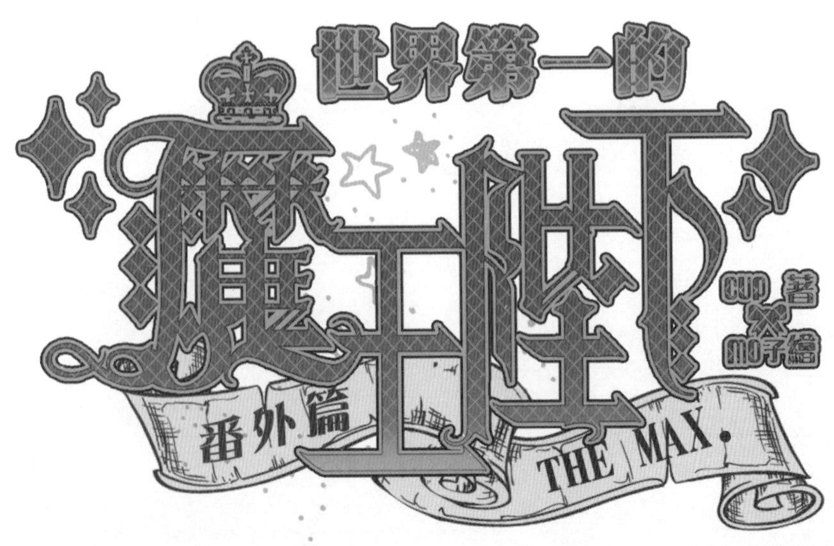